Menschen und Pferde

Winfried Gierse

Winfried Gierse

Menschen und Pferde

Eine fünftausend Jahre alte Symbiose
zwischen zwei Lebewesen

„Die schönste Eroberung,
die der Mensch jemals gemacht hat,
ist die Zähmung dieses stolzen
und feurigen Tieres, des Pferdes."

Georges Louis Leclerc (1707-1788)
in „Histoire naturelle"

© 2001 Winfried Gierse, Meschede
Layout, Satz, Umschlaggestaltung:
Konzept · Art · Text Peter Wolff, Düsseldorf
Titelillustration: Anne Gierse
Herstellung: Books on Demand GmbH
ISBN: 3-8311-2900-2

Inhalt

Vorwort

Im Verlauf von fünf Jahrtausenden wurde das Pferd dem Menschen zum Schicksal. Als Zug-, Reit- und Lasttier – vor allem in der Landwirtschaft – war es berufen, der Entfaltung der Völker zu dienen. Nicht nur Zeit und Raum schrumpften auf seinem Rücken, man verdankte ihm auch Völkerbegegnung, was wiederum zum Austausch von Erfahrung, Wissen und Kulturgut führte.

Der Besitz eines oder mehrerer Pferde wurde zum Statussymbol, was wir in den letzten Jahrzehnten wieder erleben. Ein Wandel vom Arbeitstier zum fast reinen „Luxustier", zum Mittel für sportliches Engagement hat sich vollzogen. Die Aufgaben dieses Tieres in den Bereichen der Landwirtschaft, des Verkehrs und des Kriegseinsatzes sind vorbei, und seine Bedeutung liegt eben fast nur noch im sportlichen Bereich. In leicht fasslicher Form bietet dieses Buch eine Zusammenfassung vieler Themen der so genannten Hippologie.

Vom Ursprung ausgehend wird in achtunddreißig Kapiteln der Leser über Geschichte, Domestikation, Verwendung, Missbrauch, Verhalten, Mentalität, Charakter, Triebe, Gefühle, Temperament und Gedächtnis einiges erfahren, was ihm bisher vielleicht nicht bekannt war.

Man erfährt über das erstaunliche Leistungsvermögen einiger weltberühmt gewordener Pferde, über Vierbeiner in allen Teilen der Welt, einige Rassen der weit über hundert bestehenden werden beschrieben (Trakehner, Haflinger, Belgier und Percheron).

Ein größeres Kapitel ist den Reiterspielen in aller Welt gewidmet, beginnend im antiken Rom bis zum mörderischen Grand National in England.

Vielen Pferdefreunden vielleicht unbekannt ist die Tatsache, dass diese Tiere auch als Therapeuten und Lebensretter fungieren können. Wichtig für den Pferdehalter zu wissen ist, dass der Umgang mit Pferden nicht immer gefahrlos verläuft. Hierzu werden nicht nur Beispiele aufgezeigt, sondern auch wichtige Ratschläge gegeben.

Krankheiten der Vierbeiner und wie sie vor allem früher behandelt wurden, bilden zusammen mit dem Kapitel über den Schlaf der Tiere den Abschluss dieses aufschlussreichen und interessanten Buches.

Vom Urwald zur Steppe und Domestizierung

Etwa fünfundsiebzig Millionen Jahre alt ist das vollständig erhaltene Skelett eines Urpferdchen, das man in Wyoming, USA, fand und das die Wissenschaftler in einer romantischen Anwandlung Eohippos, Pferd der Morgenröte, nannten. Dieses im Urwald lebende Tier von der Größe eines Fuchses gilt als Vorfahre unserer Pferde. Es hatte fünf Zehen, die nach vielen Jahrmillionen zum Huf wurden. Sein Gewicht betrug etwa 5-6 Kilogramm, und seine Augen lagen in der Mitte des Kopfes. Das Gebiss war einer Nahrung aus Blättern angepasst, Gräser hätten damit nicht verzehrt werden können. In dieser Zeit gab es sie auch noch nicht.

Mit der Veränderung des Lebensraumes und damit einer besseren Ernährung begann auch eine Veränderung des Urpferdes. Es wurde größer, das Gebiss veränderte sich so, dass es hartes Gras zermahlen konnte, der Hals wurde länger, die Augen näherten sich an die Seiten des Kopfes, was immer mehr eine Rundumsicht ermöglichte.

Grasbewachsene Ebenen wurden nun sein Lebensraum, und dieser Lebensraum erforderte eben Anpassungen, die heute charakteristisch für das Pferd geworden sind. Gefahren konnten jetzt frühzeitig bemerkt werden. Auch die Beine wurden länger, und dehnbare Bänder trugen zur Geschwindigkeit des Tieres bei; die Sinne verschärften sich, mehr und mehr trat das nervöse Temperament zu Tage, das bis heute geblieben ist.

All das war aber nötig, um in diesen Urzeiten den feindlichen Raubtieren zu entkommen. Von den amerikanischen Prärien, der Urheimat des endgültigen Vorläufers unserer Hauspferde, wanderten vor vielen Millionen Jahren Tiere über die damals noch vorhandenen Landbrücken nach Asien und Europa. Etwa eine Viertelmillion Jahre lang zogen Pferdeherden von Amerika nach Eurasien und umgekehrt.

In der Eiszeit existierten etwa zwanzig verschiedene Formen des echten Pferdes oder Equus Caballus, wie der Wissenschaftler es nennt.

Vor etwa acht- bis zehntausend Jahren starben die Pferde, dort wo sie ursprünglich entstanden waren, nämlich auf dem amerikanischen Kontinent, aus. Warum das geschah, weiß man nicht, vielleicht eine gravierende Klimaveränderung oder aber auch eine tödliche, durch Insekten verbreitete Krankheit können die Ursachen gewesen sein.

Erst nach der Entdeckung Amerikas durch Kolumbus kamen aus Spanien wieder Pferde nach Amerika und entwickelten hier in relativ kurzer Zeit eine große Menge Pferde verschiedener Rassen.

Im asiatischen und europäischen Raum hatten die Tiere ein gemäßigtes Klima und eine geeignete Nahrung auf mineral- und vitaminreichen Böden. Das förderte Wachstum und Kraft. Der häufige Regen ließ das Gras üppig wachsen, und es entwickelte sich ein größerer Pferdeschlag. In trockeneren Gegenden wurden die Tiere feingliedriger, was eine schnelle Lauffähigkeit zur Folge hatte. Dort wo die Klimabedingungen extrem waren und die Vegetation spärlich, entstanden widerstandsfähige Ponys, deren Körper sich den Lebensbedingungen anpassten.

Im Jahre 1879 entdeckte der polnische Forscher Przewalski, der im Dienste des russischen Zaren stand, eine Steppenpferdherde in der Mongolei, von denen man einige Exemplare in zoologischen Gärten erhalten konnte, doch in ihrer Heimat wurden sie vollkommen ausgerottet. Nach ihrem Entdecker nennt man dieses, an das Urpferd erinnernde Steppenpferd Przewalski-Pferd. Dieses Tier ist nicht zähmbar und lässt sich niemals reiten. Es gilt als besonders leidenschaftlich, aggressiv und vorsichtig! Mit einem Stockmaß von etwa einhundertunddreißig Zentimetern und einer stachelig borstigen schwarzen Mähne hat dieses Pferd große Ähnlichkeit mit den Tieren, die die Menschen vor ca. dreißigtausend Jahren an die Wände der Höhlen malten.

Typisch für das Wildpferd der Steppe sind auch noch der schwarze Schweif, die schwarze Mähne, die ungefähr 20 cm lang wird und aufrecht steht, sowie die meist schwarzen Beine.

Beim Hauspferd wächst die Mähne länger und fällt auf eine oder beide Halsseiten.

Vom Schweif über den Rücken bis zur Mähne verläuft der so genannte Aalstrich.

Zu den bekannten Wildpferderassen gehört auch der Tarpan, dessen Fell der Struktur des Hirschfells ähnelt. Wissenschaftler vermuten, dass der Tarpan der Urahne des Arabers ist. Zu den Tarpantypen gehört auch der Waldtarpan, ein Urpferd mit massigem Körper und einem dicken, groben und dunklem Fell, das ihm im Wald eine gute Tarnung gab.

Auch die Streifen des Zebras, eines Wildpferdes, das sich in Afrika entwickelte, sind eine Tarnfärbung, die in abgewandelter Form bei allen Primitivrassen auftritt.

Ganz so scheu und fluchtbereit, wie viele annehmen, war das Steppenpferd nicht, Stuten und Hengste gingen oft furchtlos auf Raubtiere oder auch Menschen los, wenn diese sich ihnen näherten. Wie Moschusochsen und Zebras bildeten sie einen Kreis, um sich wirkungsvoll zu verteidigen.

Viele Millionen Jahre bevölkerten die Wildpferde die Erde, lange bevor der Homo sapiens in Szene trat. Doch mit der Erscheinung des Menschen begann auch die Geschichte von Mensch und Pferd, die aber erst vor einigen tausend Jahren mit der Domestikation zu einer Symbiose, Lebensgemeinschaft wurde, einer Unterwerfung, Nutzbarmachung, Züchtung oder Freundschaft, wie man es auch nennen mag. Aus dem kleinen Urpferdchen wurde schließlich, um nur ein Beispiel zu nennen, das Riesenpferd Shire-Horse, das größte und schwerste Pferd der Welt, mit einem Stockmaß von zwei Metern und einem Gewicht von 1,5 Tonnen. Ein Zugpferdpaar Shire-Horses kann problemlos eine Last von 50 Tonnen ziehen. Das entspricht einem voll beladenen Lkw mit Anhänger.

Aber noch ist das Pferd kein Haustier, sondern Beutetier und Fleischlieferant für die früheren Menschen, die Sammler und Jäger, eine Verbindung zwischen diesen Jägern und den gejagten Vierbeinern, eine Speisekammer auf Hufen.

Während der Eiszeit wurde das Nahrungsangebot für die Pferde wegen der durch die kalte Witterung bedingte karge Vegetation sehr knapp. Das Jahresmittel der Temperatur lag in Westeuropa um 5 bis 7 Grad. Mensch und Tier lebten in den eiszeitlichen Rückzugsräumen eng zusammen. Das wenig aufzufindende Futter schwächte die Pferde, was die Jagd auf sie erleichterte. Die Jagd wurde in der Regel mit Fallgruben und Fanggehegen ausgeübt. Durch die Dungspur und das Weiden der hochbeinigen Tiere im offenen Gelände war deren Aufenthaltsort leicht aufzuspüren.

Ein Leithengst führte die Herde an; wenn es gelang, diesen in eine Falle zu treiben, wurde die Herde kopflos und konnte dann leichter in eine große Falle oder an einen Abgrund getrieben werden, eine Jagdtaktik, die effektiver war als die Verfolgung einzelner Tiere.

Riesige Ansammlungen von Pferdeknochen fand man z.B. am Fuße des bekannten Felsen von Solutrè, 100 km westlich von Genf in Südostfrankreich. Hier hatte man viele tausend Jahre lang ganze Pferdeherden immer enger eingekreist und mit viel Geschrei, Stöcken und Feuer an den Abgrund der Felswand getrieben, wo die in Panik geratenen Tiere sich dann massenhaft zu Tode stürzten, um dann am Fuße des Felsens die begehrte Beute der Jäger zu werden.

Das Steppentier Pferd war ständig auf Flucht eingestellt, auch wenn es sich durch heftige Fußtritte und ein kräftiges Gebiss zu wehren wusste. Zur schnellen Flucht benötigte es gute Sinne und schnelle bewegliche Beine. Gefährlichen Raubtieren konnte es nur seine Schnelligkeit entgegenstellen.

Wir wissen nicht, wann es zum ersten Mal dem Menschen begegnete. Irgendwann, man vermutet in der Diluvialzeit, mögen Pferd und Mensch aufeinander gestoßen sein. Der Vierbeiner griff den Zweibeiner nicht an, er lief vor ihm davon.

Der frühe Jäger aber, in dem sicheren Instinkt: „Was davonläuft, kann man jagen und essen", begann ihm nachzustellen.

Wichtig für den Frühmenschen war nicht nur das Fleisch, sondern auch das Fell für seine Kleidung, die Knochen für die Herstellung von Werkzeug, und sogar die Hufe verarbeitete er zu Trinkbechern.

Die ersten menschlichen Zeugnisse über das Pferd stammen aus der ausgehenden Altsteinzeit. Sehr kunstvolle Fels- und Höhlenmalereien finden wir z.B. in Altamira, 25 Kilometer westlich der spanischen Hafenstadt Santander und in Südwestfrankreich. Hier befinden sich die schönsten und bekanntesten eiszeitlichen Felsbilder aus der Zeit etwa 15.000 v.Chr. in der Höhle von Lascaux, nahe der Stadt Montiniac, die 1940 durch einen Zufall von Schulkindern entdeckt wurde.

Einige der dort dargestellten Pferdebilder gleichen, wie schon erwähnt, dem so genannten Przewalski-Pferd.

Höhlen, die dadurch entstanden waren, dass das Wasser in Jahrmillionen das Kalkgestein herausgewaschen hatte, boten dem Eiszeitmenschen Zuflucht. Hier hatte er Schutz vor wilden Tieren, Schnee, Regen und eisigen Winden. Räume zum dauernden Aufenthalt waren diese Höhlen nicht, sonst hätte man heute Ruß feststellen können, und die Malereien wären nach so viel tausend Jahren nicht in einem so guten Zustand aufgefunden worden. Sie sind Ausdruck der hohen Bewunderung, die der Mensch für das Tier, besonders das Pferd, empfand. Man jagte nicht, weil man Lust am Töten hatte, sondern allein um zu überleben.

Manche Menschen sind der Ansicht, unsere Urahnen hätten diese Bilder geschaffen, damit sie Macht über die Beutetiere bekämen. Dies, so der bekannte Prähistoriker Herbert Kühn, ist absolut nicht der Fall. Keines der vielen Bilder weise Angst oder Bedrücktsein aus.

Ebenfalls in einer Höhle in Südwestfrankreich fand man in den sechziger Jahren des vergangenen Jahrhunderts einen geschnitzten Pferdekopf mit eingravierten Linien, die Paläontologen als Halfter deuteten. Da dieser Pferdekopf mindestens fünfzehntausend Jahre alt ist, kommt die Vermutung auf, dass hier vielleicht schon der Anfang einer Domestizierung stattgefunden hat, die die Pferdekundler bekanntlich erst auf die Zeit 3000 v.Chr. datiert haben.

Außerdem fand man Pferdezähne, die so beschaffen sind wie die von so genannten Krippenbeißern. Angebundene Pferde beißen oft an harten Gegenständen, wie z.B. Holzkrippen, herum, daher dieser Name. Vielleicht sperrte man schon in oder vor der Eiszeit lebend gefangene Pferde ein, um ein Lockmittel für andere Tiere oder einen zur Verfügung stehenden Fleischvorrat zu besitzen. Dass Wildpferde damals schon geritten oder angespannt wurden, ist kaum vorstellbar.

Zahnuntersuchungen von 6000 Jahren alten Pferdezähnen, die man in russischen Grabstätten fand, beweisen, dass hier schon Pferde geritten wurden. Pferde, die längere Zeit eine Trense tragen, haben leichte Zahnverletzungen, die sich unter einem Rasterelektronenmikroskop von normalen Abnutzungserscheinungen deutlich unterscheiden. Trotzdem wissen wir nicht genau, wann die ersten Pferde zu Nutztieren wurden. Die ersten Beweise stammen von arischen Nomaden aus den Steppen am Schwarzen und am Kaspischen Meer um ca. 2700 v.Chr. Diese indogermanisch sprechenden Nomaden hinterließen zwar keine schriftlichen Aufzeichnungen, doch auf Tontäfelchen von Nachbarvölkern werden sie als Pferdeherdenbesitzer erwähnt. Natürlich können Domestikationen auch schon früher bei anderen Völkern erfolgt sein. Warum sollen nicht andere Steppenvölker schon weit früher Wildpferde gezähmt haben? Es ist sehr schwer festzustellen, wann und wo der Mensch zum ersten Mal sich bei körperlichen Arbeiten von einem Tier helfen ließ oder ihm die ganze Arbeit übertrug.

Der Ochse stand schon im altägyptischen Reich unter dem Joch, und auch der Esel war allgegenwärtig. Das Pferd war aber wohl die wichtigste Eroberung im Tierreich, die der Mensch gemacht hat. Ein so widerspenstiges, schnelles und auch gefährliches Tier zu domestizieren, war schon eine große Tat. Auch nach der Domestikation war das Pferd wohl noch lange Zeit Fleischlieferant. Gegen Ende des Zweiten Jahrtausends wird das Pferd von den Ägyptern sehr viel abgebildet. Die Hethiter, ein Nachbarvolk der Ägypter, hatten sich jedenfalls schon einige Jahrhunderte früher dieses Tier nutzbar gemacht. Neueste Forschungen wollen herausgefunden haben, dass die erste Zähmung um etwa 3500 v.Chr. in der Ukraine stattgefunden hat. Das Ziehen und das Tragen von Lasten, nicht aber das Reiten, sind wohl die ersten Aufgaben des gezähmten Wildpferdes gewesen. Bei diesen Arbeiten übertraf es den Ochsen an Wendigkeit und Schnelligkeit. Es dauerte also lange, bis der Mensch das Pferd seinen Diensten nutzbar machte.

Trotz auskeilender Hinterbeine und gefährlichen Bissen seiner starken Zähne, wurde es schließlich gezähmt und musste sich dem Menschen fügen.

Was aus der menschlichen Kulturgeschichte ohne das Pferd in friedlichen oder kriegerischen Zeiten geworden wäre, ist kaum vorstellbar. Weit mehr als der Hund nahm das Pferd eine Sonderstellung in der abendländischen Zivilisationsgeschichte ein.

Im Laufe der letzten fünf Jahrtausende versuchte der Mensch, sich dieses Tier für alle möglichen Aufgaben dienstbar zu machen. Dies geschah durch eine selektive Zucht, womit der Mensch in den natürlichen Ablauf der Evolution eingriff. Er förderte das Größenwachstum durch Zufütterung, wobei unterschiedliche Rassen entstanden, die aber alle irgendwelche gemeinsame Merkmale hatten. Heute gibt es auf der Welt über 170 anerkannte Pferde- und Ponyrassen. Und alle Rassen, ob das feingliedrige, nervöse und temperamentvolle Warmblut, das zentnerschwere, langsame und ruhige Kaltblut oder das zähe, kleine Shetlandpony, sie alle haben den gleichen Urahnen, das fuchsgroße, blätterfressende Urpferd Eohippos.

Rituale und religiöse Verehrung

Schon lange vor der Domestikation und dem Zusammenleben von Mensch und Pferd, bei dem man von einer Symbiose sprechen kann, hat das Pferd eine besondere religiöse Bedeutung gehabt. Der griechische Historiker Herodot berichtet über die Rolle des Pferdes bei Leichenbestattungen im Gebiet der heutigen Halbinsel Krim und der Ukraine.

Ausgegrabene Grabstätten in diesen Gebieten bestätigten alles, was Herodot hierüber berichtet hatte. Die dort lebenden Skythen erdrosselten, wenn ein König verstarb, bis zu fünfzig seiner besten Pferde, zusammen mit etlichen Bediensteten, damit er in seinem großen Grab weiterhin auf nichts verzichten brauchte und Gesellschaft hatte. Die Pferde wurden ausgeweidet, gesäubert, mit Häcksel gefüllt und wieder zugenäht. Man versah sie mit dem Reitgeschirr und befestigte erwürgte junge Leute auf ihrem Rücken. Diese Reiter wurden rings um das Königsgrab aufgestellt.

In China begrub man einen Kaiser zusammen mit vier jungen Sklavinnen und sechs Wachen. Über sie schüttete man einen riesigen Hügel auf und ließ vier Pferde solange um diesen Hügel herumgaloppieren, bis sie fast zusammenbrachen. Dann wurden sie getötet und auf Stangen gespießt. Sie sollten dem Kaiser im Jenseits zu Diensten sein.

Auch die Mongolen begruben ihre Toten oft mit getöteten und ausgestopften Pferden, während man in Westafrika Männer in die Haut ihres Lieblingspferdes einwickelte, sozusagen als Leichentuch.

In Ungarn schlug man dem Pferd des Toten den Kopf ab und vergrub den Schädel und die Sprungbeinknochen neben dem verstorbenen Reiter.

Manche preußische Stämme verbrannten ihre Toten zu Pferde, und die Litauer legten in frühchristlicher Zeit Pferdefriedhöfe an, auf denen die Vierbeiner stehend mit dem Sattelzeug bestattet wurden.

Pferdeschädel wurden auf der ganzen Welt zur Kennzeichnung eines Grabes benutzt.

Die Liebe zum Pferd wurde im Altertum oft von der Furcht vor den Göttern übertroffen, und um das Wohlwollen der Himmelsmächte zu bekommen oder zu erhalten, opferten die Menschen ihr Lieblingstier, das Pferd. Auch die Römer opferten besonders erfolgreiche Rennpferde. Priester durchbohrten sie mit dem Speer, womit sie den Kriegsgott Mars ehren wollten.

Pferdeköpfe an Hauswände genagelt, sollten eine gute Ernte garantieren. Später zierten sie dann auch germanische Bauernhöfe, um auch hier Unheil abzuwehren. Ein Mythos umfing Jahrtausende lang das Pferd. Es wurde zum Seelenträger der Geister der Verstorbenen, es wurde getötet als Zeichen der größten Ehre und wurde als wertvollster Besitz als Grabbeilage den Verstorbenen mit ins Grab (gelegen) gegeben. In allen Religionen der Kulturepochen hatte das Pferd große Bedeutung. Manche Götter wurden in Pferdegestalt dargestellt, andere wiederum waren beritten.

Zentauren waren Fabelwesen, die halb Mensch und halb Pferd verkörperten.

Pferdeopfer, um die Gunst der Götter zu gewinnen, kannten Inder, Perser, Griechen, Römer und Germanen.

Griechen und Inder wagten es nicht, Pferdeblut zu vergießen, zu stark waren ihre Gefühle für dieses Tier; sie trieben ausschließlich Schimmel ins Meer, wo sie dann ertranken und dadurch für die Gunst der Götter sorgten. Das rein weiße Pferd sollte wohl mehr göttliche Gnade vermitteln als ein Rappe oder ein Brauner.

Für die Indianer waren die Pferde selbst Götter. Als Kolumbus seine zweite Amerikareise machte, brachte er zwanzig Hengste und zehn Stuten mit in die Neue Welt. Es wird erzählt, dass man die hierfür ausgewählten edlen und reinrassigen Tiere in Spanien teuer verkauft habe, um mit dem Erlös Wein und die Überfahrt zu bezahlen. Mit dem restlichen Geld habe man dann billige Schindmähren gekauft, um diese dann mit über den Atlantik zu nehmen.

Für alle Pferde, die man aus Europa in die Neue Welt verschiffte, wurde die lange Überfahrt zu einer schrecklichen Tortour. Mit Hilfe von Gurten, die man unter ihren Bäuchen anlegte, wurden sie hochgezogen und in den unteren Decks an die Decke gehangen. Dort blieben sie vierzig Tage und vierzig Nächte hängen. Viele Tiere überstanden diese Strapazen nicht und gingen zugrunde. Segelschiffen, die in windstillen Gebieten zwischen 30 Grad nördlicher und 30 Grad südlicher Breite oft lange auf günstige Winde warten mussten, gingen die Trinkwasservorräte aus. Dann erschoss man die vor Durst wahnsinnigen Pferde und warf sie über Bord. Diese Gebiete nennt man daher auch heute noch Rossbreiten.

Mit ihren Pferden, ob edle Rösser oder Schindmähren, eroberten die Spanier Riesenreiche; obwohl meist zahlenmäßig weit unterlegen, aber es kam ihnen eben zu Gute, dass die Eingeborenen ihre Vierbeiner als Götter ansahen, die vom Himmel herabgekommen waren. Die Spanier bestärkten sie natürlich in diesem Glauben.

Als der spanische Eroberer Hernando Cortez auf einem seiner Eroberungszüge von Mexiko aus in das Gebiet von Guatemala kam, war für die dort lebenden Indianer sein riesiges Pferd El Morzillo die Hauptattraktion. Pferde selbst waren den dortigen Einwohnern völlig unbekannt. Da sich El Morzillo auf dem Marsch verletzt hatte, konnte ihn Cortez nicht wieder mit zurücknehmen, und er überließ das Pferd den Indianern.

Als einige Jahre später Franziskanermönche auf ihrer Missionsreise die Indianer dort aufsuchten, staunten sie nicht wenig über eine riesige Pferdestatue im Bethaus der Eingeborenen. Das Pferd saß aufrecht mit nach vorn ausgestreckten Vorderbeinen. Die Indianer erzählten den Mönchen, dass Einwohner aus allen Richtungen zu ihnen gekommen seien, um das große Pferd des Cortez zu sehen und ihm zu huldigen. Sie brachten Opfergaben in Form von Blumen oder Fleisch. El Morzillo, der Rappe, wurde zu ihrem Gott des Donners, Blitzes und Regens erkoren.

Das Pferd starb, aber der Gott blieb in Gestalt der Statue, innerhalb eines Tempels, der tausend Menschen fassen konnte. Die

Nachfolger der von den Spaniern mitgebrachten Pferde gelangten von Mittelamerika auch in den Norden des Kontinents in die großen Prärien, die sie dann als die uns bekannten Mustangs bevölkerten. Die nordamerikanischen Indianer dort schufen ihre eigenen Mythen und Geschichten, um die Herkunft dieses einmaligen Gottesgeschenks zu erklären.

Noch einmal zurück zu den Griechen: Auch für die alten Hellenen war das Pferd das nützlichste Geschenk der Götter für die Menschheit, obwohl Göttervater Zeus geweissagt hatte, dass die Sterblichen dieses Tier in ihren Kriegen einsetzen würden und es so zu einem Werkzeug der Zerstörung missbrauchten.

In der griechischen Mythologie gibt es sterbliche und göttliche Pferde, und ihre religiöse Bedeutung ist enorm. Die Götter waren fast alle beritten oder wurden wie Poseidon in Pferdegestalt dargestellt. Halb Pferd, halb Mensch, die Zentauren bereicherten die griechische Mythologie, und wir alle kennen das trojanische hölzerne Pferd, von dem uns Homer in seiner Ilias berichtet:

Als man Troja auch nach zehnjähriger Belagerung nicht erobern konnte, riet ein Wahrsager dem Odysseus, ein riesiges hölzernes Pferd zu bauen und in seinem Bauch Soldaten zu verstecken. Man stellte es vor das Stadttor und erklärte den Trojanern, das Pferd sei ein Geschenk der Athener an die Stadt. Die Griechen täuschten einen Abzug vor, blieben aber in der Nähe und warteten. Die Trojaner wollten das Pferd in die Stadt ziehen, doch der Priester Laokoon warnte seine Mitbürger, die aber nicht auf ihn hörten und das Pferd in die Stadt schafften. In der Nacht kletterten die Soldaten aus dem Holzpferd, öffneten die Stadttore, setzten die Stadt in Brand, und durch ein Pferd, wenn auch aus Holz, fiel Troja in die Hände der Griechen.

Eine mythische bzw. religiöse Rolle spielten die Pferde auch im alten Ungarn. Dort wurde ein tausend Jahre alter Friedhof für Pferde freigelegt, auf dem missgestaltete und verkrüppelte Tiere in aufwändig ausgeschmückten Gräbern bestattet worden waren. Alten, lahmen, kranken oder missgestalteten Pferden schrieb man magische Kräfte zu. Schimmeln traute man zu, ihren Reitern Weisheit zu geben, um körperliche Krankheiten zu heilen.

Pferdeschädel, so wurde geglaubt, verliehen Gesundheit, Reichtum und Glück. Außerdem sollten sie vor bösen Geistern schützen. Die Spanier trugen Amulette aus dem Schweif einer schwarzen Stute, um Unheil abzuwenden, und die Hunnen tranken Pferdeblut, um einen Eid zu bekräftigen.

Bei unseren Vorfahren, den Germanen, war das Pferd das wichtigste und häufigste Opfertier überhaupt. Pferdeschädel hingen an den Giebeln der Höfe und in den Bäumen; sie sollten vor allem vor den gefürchteten Dämonen schützen, aber auch gegen Unwetter und Seuchen bei Mensch und Tier. Der Hufbeschlag und das Hufeisen gelten bis heute als Glücksbringer.

Die christliche Religion räumte mit all diesen Vorstellungen auf, sie bekämpfte den Pferdekult und den Genuss des Opferfleisches. Christliche Mönche verstanden es, den Menschen den Geschmack an Pferdefleisch zu verderben, so dass auch heute noch bei vielen Menschen und in vielen Ländern ein regelrechter Widerwille gegen den Pferdefleischgenuss besteht.

Die Araber und das Pferd

Größte Zuneigung zu ihren Pferden hatten die Mohammedaner. Diese Tiere wurden als Teil ihrer Familie betrachtet. Die Beduinen hielten ihre Pferde entweder in ihren Zelten oder in unmittelbarer Nähe derselben.

„Wer ein Pferd um des Triumphes der Religion willen füttert, gewährt Allah ein gewaltiges Darlehen" hatte der Prophet verkündet. Die größte aller Segnungen sei eine intelligente Frau oder eine fruchtbare Stute, hatte er verkündet. Zum Verzehr von Pferdefleisch aber hat er sich nie geäußert. Wir wissen aber, dass er selbst nie welches aß.

Da die Wüste kein Gras oder andere Pflanzen hervorbringt, fütterten die Beduinen ihre Pferde mit Getreide, Milch und Datteln, manchmal sogar mit Fisch oder Fleisch. Durch diese Art der Fütterung wurden die Tiere sehr zahm. An „Ungläubige" durften sie nicht verkauft werden. Durch sorgfältige Selektion und die optimalen Bedingungen, unter denen die Pferde gehalten wurden, entstand eine überlegene zähe und ausdauernde Rasse von einem einheitlichen Typ.

Für die Araber sind Einfühlsamkeit, Feingefühl und Geduld in der Zucht unbedingte Voraussetzungen. Edle Pferde züchten, so ihre Ansicht, kann nur der Züchter, der eng mit ihnen verbunden ist. Die edelste Pferderasse der Welt, die Vollblutaraber, sind im Vorderen Orient gezüchtet worden. Durch ihr Temperament, ihre Kraft, Sanftmut, Gelehrigkeit und Anhänglichkeit stellen sie alle anderen Rassen in den Schatten. Niemals Gewalt anwenden bei der Zähmung dieser Tiere, das war immer die Devise in der arabischen Pferdezucht.

Nach dem Tode Mohammeds überrannten die moslemischen Heere die östlichen Reiche bis China, den Norden Afrikas sowie die Iberische Halbinsel bis an die Pyrenäen. Bei diesen Eroberungszügen kamen die arabischen Pferde mit anderen Rassen der eroberten Gebiete zusammen, auf die sie dann starken Einfluss übten.

Im 17. und 18. Jahrhundert begann man in England mit der Vollblutzucht, wobei die Araberpferde die Ahnherren der englischen Vollblüter wurden, die diese bald an Schnelligkeit und Größe übertrafen, nicht aber an Ausdauer und Widerstandsfähigkeit.

Jedenfalls gehören die Araber auch heute noch zur reinsten Pferderasse der Welt, und die Reinheit der Zucht wird peinlich genau überwacht.

Für die Berber in Nordafrika war ebenfalls das Pferd, besonders der Rappe, das heiligste Tier. Wenn ein Pferd mit seinem Reiter Mekka besucht hatte, warf man sich ihm zu Füßen und konnte so den Schutz seines Besitzers einfordern. So wie später eine Kirche oder ein Kloster für den Europäer eine heilige Stätte war, galt bei den Berbern in der Wüste der Pferdestall als heilige Stätte. Fast alle Pferderassen in Europa und Amerika, von den Lipizzanern der Spanischen Hofreitschule über die berühmten ostpreußischen Trakehner bis zu den Tiroler Haflingern stammen indirekt von den Arabern ab. Nämlich über die englischen Vollblüter, deren Ahnherren drei berühmte Araberhengste waren.

Verwendung der Pferde

Man vermutet, dass die ersten domestizierten Pferde als Packtiere benutzt wurden, was für die Nomaden bedeutete, nun auch große Strecken zurückzulegen. Das Pferd lieferte nicht nur Dienstleistung, sondern auch Fleisch, Häute für Kleidung und Zelte, sowie Milch.

Aus dem nomadischen Herdenbesitzer wurde der berittene Krieger, der gegen seine Nachbarn Krieg führte, um mehr Weideland zu erobern und sein eigenes zu verteidigen.

Ehe man die ersten Kriegspferde ritt, zogen sie Streitwagen, auf denen sie die Krieger stehend in die Schlacht trieben. Es kam zu einer Kultur- und Völkervermischung, als die asiatischen Reitervölker bis nach Westeuropa, zum Vorderen Orient und in die Mittelmeerländer vordrangen. Fünftausend Jahre war das Pferd an allen kriegerischen Vorgängen beteiligt.

Neben der Kriegsteilnahme wurde es schon früh im Transport- und Nachrichtenwesen eingesetzt und trug gravierend zur Zivilisierung der Völker bei, vor allem aber durch seine Tätigkeit in der Landwirtschaft. Völker, die keine gezähmten Pferde besaßen, machten auch kaum kulturelle und wirtschaftliche Fortschritte. Hier machten höchstens das Inka- und Aztekenreich in Südamerika eine Ausnahme, die das Pferd nicht kannten und später von Reiterarmeen erobert wurden.

Vielen unbekannt scheint nur die Tatsache, dass die gigantische Riesenarbeit der Rodung von Wäldern im Mittelalter über drei Jahrhunderte lang von einem anderen Arbeitstier, nämlich dem Rind, ausgeführt wurde. Millionen Hektar Wald sind damals in der Hauptsache von den geschlechtslosen, aber bärenstarken Ochsen gerodet worden. Roden bedeutete nicht nur das Fällen und Abtransportieren der Baumstämme, sondern vor allem das Herausreißen der Baumwurzeln aus dem Erdreich, was einer ungeheuren Anstrengung bedurfte. Über diese Plackerei ein kurzer Ausschnitt aus der Literatur, der etwas über diese Arbeit aussagt:

„Ein junger widerspenstiger Ochse wollte nicht mehr. Der Schinderei überdrüssig, schüttelte er wild seinen Kopf hin und her, als wolle er sagen: „Ich will nicht mehr, ich bin's leid." Sein Joch wollte er endlich loswerden, das ihn an seinen apathisch gewordenen und sich dem traurigen Schicksal ergebenen Artgenossen band. Gestern noch hatte er die Egge über ein frisch gepflügtes Feld gezogen, und als die sein armes Haupt rüttelnde und schüttelnde Egge am Abend endlich hinter ihm zurückblieb, taumelte er benommen und fast bewusstlos durch die Gegend. Heute bei der Rodung war er immer noch unfähig, den Kopf seitwärts zu wenden. Unbeholfen schlug er aus, ohne jemand zu treffen. Doch mit einer Flut von Schimpfworten und kräftigen auf die empfindsamsten Stellen gezielten Stockschlägen brachte sein Gebieter das störrische Tier wieder zur Ruhe und Arbeit. Er sah ein, dass er seinem traurigen und harten Los nicht entrinnen konnte, ein Schicksal, das er mit unzähligen seiner geschlechtslosen Artgenossen teilen musste."

Ein kurzes Drama der tierischen Sklaverei unter der Knute des Herrentieres Mensch in einem Pferdebuch. Mancher Leser wird vielleicht meinen, dass es da nicht hineinpasse. Auch wenn Rind und Pferd zwei verschiedene Tierarten sind, eines haben oder besser hatten sie doch gemeinsam, beide mussten in Land- und Forstwirtschaft schwer arbeiten, das Pferd zog mit der Brust, der Ochse mit dem Kopf, denn seine Kraft liegt im Nacken, und er konnte schwerere Lasten bewegen als das Pferd, doch war er langsamer und wurde deshalb langsam aber sicher vom Pferd verdrängt.

Seit frühesten Zeiten gab es auch schon Pferde, die für sportliche Zwecke eingesetzt wurden. Die Jagd wurde auf dem Rücken der Pferde attraktiver und vergnüglicher. Im sechsten Jahrhundert v. Chr. veranstalteten die Perser schon Polospiele. In Afghanistan und dessen Nachbarländern entstand ein Reiterspiel, bei dem der Kampf um einen toten Ziegenbalg im Mittelpunkt steht, und das auch heute dort noch veranstaltet wird, das so genannte Buzkashi.

In der Renaissance entdeckte man die Schriften des griechischen Heerführers und Schriftstellers Xenophon, der über die Kunst des Reitens berichtete. Daraufhin entstanden in Frankreich und Italien die ersten Reitschulen, auf die sich das heutige Dressurreiten gründet. In England wurde im achtzehnten Jahrhundert die Fuchsjagd zur großen Leidenschaft. Da es hier zwangsweise über Hecken und Gräben ging, wurde das Springen notwendig. Jedoch taucht das beliebte Springreiten erst offiziell um die Jahrhundertwende auf. Kein anderes Tier in der Welt wird in solch vielen und unterschiedlichen Sportdisziplinen eingesetzt wie das Pferd. In keiner anderen Sportart sind Mensch und Tier so enge Partner.

Dressur, Jagd, Rodeo, Polo, Hindernisrennen, Springreiten, Vielseitigkeitsprüfungen, Trabrennen oder Buzkashi. Für all diese Disziplinen hat der Mensch das geeignete Pferd gezüchtet, und je mehr der Vierbeiner als Kriegs- und Arbeitstier die Bühne verließ, umso mehr wurde der tierische Freund des Menschen zum Sportgerät. In Westeuropa, mit wenigen Ausnahmen, wird das Pferd nur noch als solches genutzt. Seit Anfang der Geschichte war das Verhältnis zwischen Mensch und Pferd sehr einseitig, und die Ausbeutung dieses Tieres oft rücksichtslos. In meinem Buch „Peitsche, Sporen und Kandare – Das Pferd ein oft geplagtes Wesen" habe ich diese Ausbeutung und den Missbrauch der Equiden (Pferd, Esel, Maultier) sehr ausführlich beschrieben. Trotz der Ausbeutung gibt es aber auch Elemente einer starken Partnerschaft, ein Verhältnis, das, so erstaunlich es ist, oft in beide Richtungen wirkt.

Die Evolution des Pferdes hat der Mensch sehr stark beschleunigt. Unter natürlichen Bedingungen wäre das Pferd nicht das, was es heute ist und die zahlreichen Rassen nicht existent.

Das selektive Züchten und Kreuzen, die intensive Pflege des Weidelandes und die oft optimale Zufütterung haben dazu geführt, dass es so viele verschiedene Pferdetypen für alle möglichen Aufgaben gibt.

Wenn man die Vor- und Nachteile für die Gattung Pferd hierzu betrachtet, kann man feststellen, dass die Einmischung des Menschen in die Evolution dieses Tieres für das Pferd trotz allem ein Vorteil gewesen ist, selbst wenn Ausbeutung, Missbrauch, Qual und Leiden mit ins Kalkül einbezogen werden.

Schon in den Urzeiten der Mensch-Pferd-Beziehung werden die Pferde mit der Zeit gemerkt haben, dass die Nähe zu menschlichen Siedlungen für manche Artgenossen zwar tödlich endete durch das „Raubtier" Mensch, dass aber insgesamt die Herde Vorteile genoss, die die Nachteile übertrafen. In Dorfnähe waren sie vor Raubtieren sicher, und das Nahrungsangebot war weitaus besser als in der Steppe.

Sie unterwarfen sich immer mehr der menschlichen Herrschaft und ließen sich domestizieren. Die ersten Reiter hatten mit Sicherheit noch keine Trensen, auch Sporen und Steigbügel kannte man anfangs noch nicht. Wie später die Prärieindianer ritt man auf dem nackten Pferderücken.

Ein großer Fortschritt für das Zugpferd war die Erfindung des Kummets, das statt auf dem Hals auf die Schulter aufgelegt wird und beim Ziehen das Tier nicht mehr würgen kann, wie es z.B. bei den Römern noch der Fall war.

Erst durch die Erfindung des Steigbügels, der eisernen Sporen und Verbesserungen am Sattel wurde das Pferd zum Schlachtross in den Kriegen. Noch thronte der im wörtlichen wie auch im übertragenen Sinne Ritter auf seinem hohen Ross über den Bauern.

Zu Anfang dieses Jahrhunderts ritten die Angehörigen eines

westafrikanischen Stammes ebenfalls ohne Sattel auf dem nackten Pferderücken. Damit sie sicher sitzen konnten, schnitten sie in die Rückenhaut des Pferdes einen 20 Zentimeter langen und fünf Zentimeter breiten Streifen, um sich dann auf diese rohe und blutige Fläche zu setzen, wobei sie festklebten und sich dadurch auf dem armen Tier halten konnten. Die Wunde wurde vor jedem Ritt immer wieder geöffnet.

Die ersten Wagenpferde konnten zwar ihre Gefährte ziehen, doch zum Tragen eines Reiters waren sie noch zu klein und zu schwach. Vor dem Reittier war das Pferd zuerst Zugtier. Erst als man größere und kräftigere Pferde gezüchtet hatte, entstanden die Reitertruppen.

Die Römer besaßen schon eine erweiterte und moderne Pferdezucht, sie züchteten für bestimmte Zwecke: Reise-, Trag-, Zug-, Renn- und Zirkuspferde. Sie kastrierten die Hengste, um mit den Wallachen ruhigere und willigere Gebrauchspferde zu besitzen. Steigbügel und richtige Sättel kannten sie nicht, daher war auch der Traber nicht sehr beliebt.

Einhundertundsiebzig Rassen und Schläge sind heute auf der Welt bekannt, und der Beitrag des Pferdes zur Weltgeschichte ist, wie bereits erwähnt, ganz erheblich. Im Denken der Menschen nimmt das Pferd eine einzigartige Stellung ein. Mehr als alle anderen domestizierten Tiere wird es bewundert und geachtet. Die Zuneigung des Pferdes zum Mensch kann sich natürlich nicht so sichtbar ausdrücken wie beim Hund, der mit dem Menschen in dessen Haus lebt. Der wedelnde Schwanz ist ein deutliches Zeichen der Zuneigung oder Begrüßung. Schlägt das Pferd mit dem Schwanz, kann es eventuell gereizt sein und sich wehren wollen. Und doch gibt es keine engere Mensch-Tier-Beziehung wie zwischen Pferd und Reiter. Beide sind voneinander abhängig und einer kann den anderen ermutigen und bestärken. Die meisten Pferde entwickeln eine gewisse Zuneigung zum Reiter, ohne dabei ihre Unabhängigkeit aufzugeben. Das Pferd muss dem Reiter vertrauen und dieser dem Pferd.

Eigentlich ist die Anpassungsfähigkeit des Pferdes, dem Menschen dienstbar zu sein, seiner Natur entgegengesetzt. Es ist ein nervöses, oft sehr temperamentvolles Tier. Seine Verteidigung gründet sich auf seine scharfen Sinne und seine enorme Schnelligkeit, womit es bei Gefahr dieser begegnen kann. Von Natur aus kein Kampftier, vermag es doch, besonders gegen seine Artgenossen, Zähne und Hufe einzusetzen.

Im Vergleich mit der menschlichen Gesellschaft ist das Pferd äußerst friedlich. Dennoch hat dieses angstvolle und gutmütige Wesen auf allen Schlachtfeldern der Erde kämpfen müssen, dabei unendlich viel gelitten und Blut vergossen.

Missbrauch im Krieg

Pferde zogen seit Beginn ihrer Zähmung und Unterwerfung irgendwo auf der Welt in den Krieg. Durch die ganze Menschheitsgeschichte hindurch hätten sich die Soldaten keinen aufopfernvolleren und treu ergebeneren Verbündeten wünschen können als das Pferd.

Der Zweite Weltkrieg war der letzte Krieg, in dem noch einmal eine riesige Anzahl von Pferden eingesetzt wurde. Während es im Ersten Weltkrieg „nur" 1,4 Millionen Vierbeiner waren, die eingezogen wurden, schätzt man, dass der Wehrmacht ab 1939 etwa 3 Millionen Pferde, große und kleine, Warm- und Kaltblüter zur Verfügung standen. Die damaligen Medien, Rundfunk, Wochenschau und Presse, widmeten diesen Pferden keine große Aufmerksamkeit. Man verschwieg sie lieber und sprach fast nur von den vollmotorisierten Verbänden. Auch nach dem Krieg war der Einsatz der Pferde nur ein Randthema in der Nachkriegsliteratur.

Die Mehrzahl dieser Kriegspferde waren keine Reittiere, sondern Spannpferde, wie man sie nannte, für den Zug von Fahrzeugen und Geschützen. Auch als Tragtiere wurden sie verwendet, während die polnische und russische Armee noch etliche Kavallerieeinheiten in die Schlacht schickten.

Im russischen Schlamm, Morast und später Schnee wurden die Zugpferde unentbehrlich und leisteten Gewaltiges, obwohl die deutschen Pferde die Lebensverhältnisse auf russischem Boden und das russische Klima sehr schlecht vertrugen. Das führte zu einem riesigen Verbrauch und einer totalen Erschöpfung und Abgekämpftheit der Tiere.

Die im Schlamm stecken gebliebenen Motorfahrzeuge mussten herausgezogen werden. Dabei erlebten die treuen abgekämpften Vierbeiner oft wahre Tragödien.

Wer es erlebt, wie ein Pferd den Menschen in solchen Situationen ansieht, wird diesen Blick nicht mehr los, berichtete ein Fahrer, wie man die Soldaten nannte, die die Gespanne führten. Im Zustand letzter Hilflosigkeit und Sterbens unterschieden sich Mensch und Tier kaum noch.

Die kleinen zähen und zotteligen Pferde der Russen besaßen dagegen eine besondere Fähigkeit zum Überleben und unglaubliche Kraftreserven, sogar wenn sie nichts anderes zu fressen bekamen als das vermoderte Stroh der Dächer und die Zweige der Bäume.

Eines der größten Pferdeschlachthäuser wurde der zugefrorene Don. Zwei- bis dreitausend Pferde mussten ihr Leben auf dem Fluss lassen. Viele hatten auf dem Eis ein Bein gebrochen, waren von Kugeln oder Granaten getroffen, andere vor Krankheit, Ermüdung oder Hunger eingegangen.

Die größte Pferdetragödie des Zweiten Weltkrieges geschah, als im Mai 1944 die Halbinsel Krim geräumt werden musste. Um etwa dreißigtausend Pferde dem Russen nicht zu überlassen, wurde die Bucht von Sewastopol zu einer Stätte des größten Pferdemordes der Geschichte. Am Rande einer Steilküste verrichtete eine Veterinärkompanie ihre grausige Arbeit. In langen Reihen warteten die vierbeinigen Kriegskameraden auf ihr Schicksal. Die Soldaten, denen die Tiere bisher anvertraut waren, hatten sich geweigert, diese selbst zu erschießen. Mit einem Schuss hinter's Ohr wurde ein

Pferd nach dem anderen erschossen und in das 100 Meter tief gelegene Meer gestürzt. Während in der Bucht bald Tausende von Kadavern schwammen und die auf ihre Hinrichtung wartenden Tiere immer unruhiger wurden, lief die Zeit davon, und der Russe rückte immer näher. Da trieb man die Pferde einfach an den Rand der Klippe und erschoss sie mit Maschinengewehren.

Später sollten noch einmal am Ende des Russlandfeldzuges Tausende von Pferden zu Grunde gehen, als im Januar 1945 ein furchtbarer Winter über die ostpreußischen Provinzen hereinbrach. Aber so wie der Winter brach noch furchtbarer die Rote Armee in Ostpreußen ein. Die hier wohnenden Menschen versuchten nun im letzten Moment nach Westen zu entkommen. Viele flohen mit Pferdefuhrwerken. Oft verkeilten sich die Wagen bei dieser Massenflucht von Heeresangehörigen und Zivilisten, Granaten krepierten auf und neben den Straßen, Maschinengewehrfeuer beharkte Menschen und Tiere. Dann kamen die Panzer, schoben die Wagen zur Seite und zerquetschten sie. Verletzte Pferde lagen auf den Straßen und in den Straßengräben und wieherten vor Schmerzen. Viele wurden auch sofort zusammen mit den Menschen zermalmt oder erschossen.

Millionen Pferde sind im letzten Krieg umgekommen, die meisten stumm und ohne einen Laut. Jedes Tier starb genau wie sein Kamerad Mensch seinen eigenen individuellen Tod.

Hitze, Kälte, Hunger und Durst ertrugen sie zusammen mit ihren Betreuern. Eine Gefolgschaftstreue bis zum Tode. Aus dem Ersten Weltkrieg, in dem es den Vierbeinern nicht besser ging als im Zweiten, beschreibt ein kanadischer Augenzeuge eine typische Schlachtenszene vom Kriegsgebiet in Belgien, die sich ähnlich an allen Fronten der beiden Weltkriege so abgespielt haben könnte:

„Die Schlacht bei Passchendaele war für unsere stummen Freunde eine der schrecklichsten Erfahrungen des großen Krieges. Die Rückkehr der Lasttiere und ihrer Führer aus den Gebieten an der Front war ein Anblick, den man nie vergisst. Pferde und Männer, von

Kopf bis Fuß mit Schlamm überzogen, einige notdürftig verbunden, andere mit grässlichen Wunden, dazu die Pferdeleichen, die sie als Trittsteine benutzten, um ihre Lasten und sich selbst aus dem bodenlosen Schlamm auf festeren Grund zu bringen, – all das bot ein entsetzliches Bild. Schrapnells und Bomben explodierten hier, dort und überall, wiehernde Pferde und Männer, die Abschied nahmen von ihren Gefährten, die sie wahrscheinlich von Kriegsbeginn an begleitet hatten, machten die Sache noch schlimmer und unerträglicher. Solche Bilder prägen sich dem Gedächtnis unauslöschlich ein."

Die Trakehner und ihr Schicksal im Zweiten Weltkrieg

Die edelsten und elegantesten Warmblüter in Deutschland, nämlich die Trakehner, stammten aus Ostpreußen. Der Soldatenkönig Friedrich Wilhelm I. hatte 1732 das Gestüt Trakehnen gegründet, das bald Weltruf erlangen sollte.

Es gibt wenige Gebiete in Europa von so überwältigender Schönheit wie dieses Land an der Ostsee mit seinen unendlichen Wäldern, unzähligen Seen und fruchtbaren ausgedehnten Ländereien mit darin Burgen gleichenden Bauernhöfen. Ein Symbol dieses Landes ist der Elch, dessen Schaufeln zum Gestützeichen der Trakehner wurde und auch heute noch ist.

Man sagt, dass durch die Spanne zwischen brütender Hitze im Sommer und klirrender Kälte im Winter, ein Temperaturspiel der Natur, die Lebewesen, die das gut durchhielten, bestens gediehen und kerngesund waren.

Das Land wurde zu einem Pferdeparadies und Grundlage für eine imponierende Zucht. Der Ostpreuße lebte für seine Pferde. Schon 1400 unterhielt der Deutsche Orden, wie aus Urkunden ersichtlich ist, einundsechzig Gestüte, von denen sechs der Kirche gehörten. Die Zucht erlebte einen Rückgang, als die Ritterzeit zu Ende ging, forcierte aber wieder nach der Erfindung des Schießpulvers, und als die Heere beweglich und beritten andere Kriegstechniken benutzten. Entbehrlich wurde das Pferd in dieser weiten und fruchtbaren Landschaft nie. Rodungen, Trockenlegen von Sümpfen, die Bestellung der riesigen Felder machten es zu einem unentbehrlichen Gehilfen.

Der Ostpreuße, ob kleiner Bauer oder Gutsherr, schätzte seine Pferde ungemein, da er sie unbedingt brauchte, er war einfach abhängig von diesem Tier. Dazu kam zwischen Marienburg und Elbing neben der Abhängigkeit noch etwas wie altgermanische Pferdeverehrung hinzu. Ein krankes Pferd im Stall war für diese Menschen die gleiche Katastrophe wie ein krankes Familienmitglied.

Zurück zum Gestüt Trakehnen: Friedrich Wilhelm I. hatte ein etwa fünftausend Hektar großes Sumpfland roden lassen, auf dem dann später das Gestüt entstand. Sieben Jahre nach der Gründung verlor der König das Interesse an dem Unternehmen und schenkte den gesamten Besitz seinem Kronprinzen, dem späteren Friedrich dem Großen. Dadurch bekam das Gestüt einen gewaltigen Aufschwung, der König benötigte nämlich eine Menge guter Pferde für seine Kriege. Als der Alte Fritz starb, fiel das Gestüt in Staatsbesitz. Erfahrene Züchter und Fachleute sorgten dafür, dass Ostpreußen 150 Jahre lang der Armeelieferant in Pferden für Preußen und die meisten deutschen Kleinstaaten blieb, schließlich für das gesamte Kaiserreich.

In allen folgenden Kriegen, einschließlich des Zweiten Weltkriegs, wurden Trakehner auf allen Kriegsschauplätzen und in den meisten Schlachten eingesetzt.

Nach Ausbruch des Krieges zwischen Napoleon und Russland evakuierte man die Trakehner nach Schlesien. Auch im Ersten Weltkrieg wurden sie 1914 fortgeführt, und erst 1919 brachte man die Tiere zurück nach Trakehnen. Aber auch das sollte noch nicht die letzte Evakuierung dieser edlen Rasse sein. Das Schrecklichste stand den Ostpreußen, wie man die Trakehner auch einfach nennt, noch bevor. In beiden Weltkriegen dienten sie als Reit- und Artilleriepferde.

Schon in den Napoleonischen und den darauf folgenden Kriegen waren sie oft furchtbar dezimiert worden, aber immer wieder konnte man die Verluste ausgleichen.

Der Zweite Weltkrieg jedoch wurde für diese Pferde zum schwersten Schicksal. Noch vor dem Einmarsch der Russen 1945 in Ostpreußen, hätte man das Gestüt evakuieren können, doch dies verbot der damalige Gauleiter Koch. Die Pferde könnten ja mal ihr Können unter Beweis stellen im Wettlauf mit den russischen Panzern, so Koch zu dem Gestütsleiter. Als es dann zu dem tragischen Flüchtlingstreck kam, erlag ein großer Teil den schrecklichen Strapazen, sie wurden von den russischen Panzern und Flugzeugen zusammengeschossen oder brachen im Eis des Haffs ein. Es war ein Inferno unvorstellbaren Ausmaßes. Stellenweise gab es kein Vor und Zurück. Herden von Rindern und Pferden, Wagenkolonnen, zurückflutende Armeen, angreifende feindliche Panzer, Flugzeuge und Artillerie, dazu die flüchtenden Menschen, alles auf den verstopften Straßen im eiskalten Winter. Ein nicht zu beschreibendes Chaos, alles verkeilte sich ineinander. Furchtbar das Sterben ungezählter Menschen, furchtbar aber auch das Verenden der Pferde auf der Straße und am Wegesrand.

Die Menschen wurden durch ihr eigenes Unglück gefühllos, und das Fahren im tiefen Schnee auf den zugewehten Straßen wurde zur Hölle, die Stränge rissen, die Hufe der unbeschlagenen Pferde bluteten.

Wie ein Augenzeuge berichtete, wollte ein Pferd nie in einem fremden Stall, wenn ein solcher zur Verfügung stand, allein bleiben. Wie die Menschen hatten sie wohl die gleiche Vorstellung: nur nicht auseinander gerissen werden. Beisammen bleiben, solange das nur möglich ist.

Bei Angriffen von Tieffliegern, so erzählen Flüchtlinge aus Ostpreußen, standen die treuen Tiere manchmal steif und starr, sie wollten nicht unter den nächsten Baum. Die Angst setzte ihnen so zu, als hätten sie einen Starrkrampf.

Kaum zu ertragen waren die schrillen Schreie der getroffenen Tiere und die der Stuten, die sich am Wegrand vergeblich bemühten, ein Fohlen zur Welt zu bringen. Kurze Zeit später erstarrte im Frost der leblose Klumpen.

Den Anstrengungen waren auch diese kräftigen und zähen, gesunden Tiere nicht gewachsen. Viele brachen zusammen, krank und halb verhungert mit heraustretenden Knochen. Aber selten haben sich Pferde in schicksalhaften Stunden so als Freund und Kamerad bewährt wie in diesen Tagen. Eine Tragödie für Mensch und Tier, die sich im letzten Augenblick ohne jede Vorbereitung vor der Kriegsfurie zu retten versuchten.

Im Westen, dem Ziel der Flüchtenden, wollte man kaum glauben, dass die Trakehner, die es mit ganz wenig Futter und Ladelasten bis zu vierzig Zentnern bis dorthin geschafft hatten, so etwas durchgehalten hatten. Hier hatte die ostpreußische Rasse gezeigt, was für eine Härte, Genügsamkeit, Treue und Bedürfnislosigkeit sie an den Tag legen konnte, wenn es darauf ankam.

Nicht alle waren zugrunde gegangen. Achthundert Stuten und fünfundvierzig Hengste hat man retten können. Mit diesen Tieren hat man dann im Westen ein neues Gestüt aufgebaut. 56.000 Zuchtpferde waren es in Ostpreußen einmal gewesen.

Das Pferd als Zugkraft

Neben dem viertausend Jahre andauernden Kriegseinsatz hatte man für das Pferd natürlich auch friedliche Verwendungszwecke. Es hatte lange gedauert, bis das Pferd in der Landwirtschaft eingesetzt wurde. Felszeichnungen aus der Bronzezeit zeigen Pferde, die einen Pflug ziehen. Doch die religiöse Bedeutung des Pferdes war zu groß, als dass man es auf dem Acker verwenden würde, Pferde wurden vor den Pflug gespannt, um symbolisch die erste Furche zu ziehen, den Rest erledigten die Ochsen.

Bis zur Verwendung als Arbeitstier in der Landwirtschaft hatte das Pferd hauptsächlich als Fleischlieferant, Opfertier, Lastenträger, Reit- und Kriegspferd gedient. Es genoss einfach zu hohe Wertschätzung, um für niedrige Arbeiten eingesetzt zu werden. Dafür gab es Ochsen, Esel und Maultiere, die auch heute noch in vielen Gegenden der Erde derartige Arbeiten verrichten.

In Deutschland und vielen anderen Ländern Europas lösten die Pferde erst im 18. Jahrhundert Ochsen und Esel im Ackerbau ab.

Noch weit bis ins 20. Jahrhundert hinein gab es viele Bauern, die den Ochsen, der ja bekanntlich ins Fleisch wächst und dadurch im Wert steigt, während das Pferd mit zunehmendem Alter immer wertloser wird, für wesentlich wirtschaftlicher als das Pferd hielten. Auch die Haltungskosten für einen Ochsen waren erheblich billiger. Ein altes abgearbeitetes Pferd war in einem Land, in dem kaum Pferdefleisch gegessen wurde, nur so viel wert wie seine Haut einbrachte. Aber die Langsamkeit des Ochsen, dem man auch viel Zeit zum Wiederkauen lassen musste, trug dazu bei, dass das Pferd letztendlich Sieger auf der ländlichen Scholle blieb.

Wichtig für die Arbeit in der Landwirtschaft war, vor allem für den Einsatz auf schweren Böden, die Zucht starker und schwerer Kaltblutpferde, wie z.B. des Shire-Horse, des Belgiers, Friesen und des Percherons.

Gründe für die Zucht schwerer Kaltblüter war auch die Einführung der Dreifelderwirtschaft (wechselnder Anbau von Getreide und Hackfrüchten) und die Entwicklung neuer leistungsfähiger landwirtschaftlicher Geräte, die gleichmäßig und zügig gezogen werden mussten.

Immer mehr wurde das Pferd ein fester Bestandteil der Landwirtschaft, und bei steigendem Nahrungsbedarf benötigten die Bauern nicht nur bessere Maschinen und Geräte, sondern auch starke und schnelle Zugtiere, wenn sie diese Geräte produktiv einsetzen wollten. Besonders um die Mitte des 19. Jahrhunderts nahm die Zahl der Landmaschinen gewaltig zu: Dreschmaschinen, Hebewerke, mehrscharige Pflüge, Mäh-, Schneide- und Bindemaschinen. In den Vereinigten Staaten wurde ein Mähdrescher entwickelt, der von vierzig Pferden gezogen wurde.

Für all diese Maschinen benötigte man starke Zugtiere, denn es war oft Schwerstarbeit, die die Vierbeiner hier verrichten mussten. In Europa, aber auch in den USA, war es vor allem der Belgier, ein Kaltblut aus Flandern, der bei den Bauern hoch geschätzt war. Daneben das englische Shire-Horse und der aus Frankreich stammende Percheron beherrschten in der Blütezeit des Ackerbaus, der mit Pferden betrieben wurde, vom 18. bis Mitte des 20. Jahrhunderts die Zugarbeit in der Landwirtschaft. Selbst für die Kutschen benötigte man schwere Pferde, denn der Zustand der Straßen, wenn es überhaupt welche gab, war miserabel. Die Wege waren im Sommer tief ausgefahren, im Winter verschlammt oder mit hohem Schnee bedeckt, so dass die Arbeit der Pferde weniger ein Ziehen, sondern mehr ein Schleppen war.

Das englische Shire-Horse, für das es nach dem Zweiten Weltkrieg kaum noch Aufgaben gab, hat als Rasse trotzdem überlebt und bei Zugwettbewerben immer den ersten Preis errungen. Es gilt als das stärkste Pferd der Welt. Ein Gespann Shire-Horses kann problemlos bis zu fünfzig Tonnen ziehen, was etwa einem vollbeladenen Lkw mit Anhänger entspricht. Ähnlich stark und schwer ist auch der englische Suffolk Punch, von dem Farmer behaupten, dass kein anderes Pferd dieses bei der Arbeit übertreffen könne. Dieses sehr langlebige Tier hat ebenfalls eine ungeheure Zugkraft und kann auch bei kleineren Futterrationen stundenlang arbeiten ohne zu ermüden. Ein ideales Arbeitspferd und Futterverwerter.

Während diese Pferde immer Füchse sind, handelt es sich bei den französischen Percherons entweder um Schimmel oder Rappen. Besonders amerikanische Farmer, die der Ansicht sind, dass man mit einem Percheron besser pflügen könne als mit einem Traktor, führen deshalb Zuchttiere dieses Typs aus Frankreich ein.

Dieses Pferd wurde für alle möglichen Zwecke genutzt, als Kriegs-, Kutsch- und Arbeitspferd und sogar als Reittier. Schon Karl Martell, der Sieger über die Mauren bei Tours und Poitiers, soll diese Tiere aus der Normandie benutzt haben.

Kurz vor der Jahrhundertwende, um 1890, kostete ein guter Percheron in den USA schon 5.000 Dollar.

In Osteuropa, wo die Landwirtschaft nicht so hoch entwickelt war und der Boden meist leicht, hat das Kaltblutpferd nie eine große Rolle gespielt. Die Osteuropäer benötigten Pferde, die man gut reiten, die einen Wagen ziehen und mit denen man die Feldarbeiten erledigen konnte. Berühmt waren und sind auch heute noch die Kutschpferde aus Osteuropa, die auch zur Entwicklung des europäischen Sportpferdes beitrugen.

Während in Westeuropa zuerst nur der Adel und die Großgrundbesitzer Pferde auf ihren Gütern einsetzten, verbreiteten sich die treuen Helfer immer mehr auch in den mittleren und kleinen Betrieben, denn auch die brauchten Pferde, und die Zahl der Pferdehalter stieg rapide an. In den letzten zweihundert Jahren war das Pferd im bäuerlichen Land einfach unentbehrlich geworden.

Die stille, unauffällige Rolle, die das Pferd bei der Arbeit für das tägliche Brot durch Jahrhunderte spielte, und die ihm in vielen Ländern auch heute noch zukommt, war und ist für den Menschen vielleicht die wichtigste.

Gewaltige Leistungen vollbrachten die Tiere in schwerem Zug vor Pflug, Egge, Drillmaschine, Erntemaschine oder hoch beladenen Erntewagen. Ein friedlicher Dienst in der Geschichte der Symbiose Mensch und Pferd, ein inniges, und man kann sagen auch beglückendes Verhältnis.

In der Regel behandelte der Bauer seine Arbeitskameraden ordentlich; Haltung, Fütterung und Behandlung entsprachen den Anforderungen, die die Tiere brauchten, um die schweren Arbeiten ausführen zu können. Sie waren nicht nur wichtige Helfer, sondern auch ein wertvolles Kapital, das behutsam behandelt werden musste. Arbeit und Bewegung taten den Pferden, besonders den schweren, besser gut als untätig im Stall zu stehen, was einen so genannten Kreuzschlag zur Folge haben konnte, der meist tödlich endete.

Die schwerste Arbeit der Bauernpferde war weniger die auf dem Acker, sondern in den waldreichen Mittelgebirgen das Schleppen von Baumstämmen an den steilen Hängen. Für die Bauern ein Nebeneinkommen, besonders im Winter und in anderen arbeitsarmen Zeiten. Pferde, die hier regelmäßig eingesetzt wurden, hatten meist keine lange Lebenserwartung, sie waren schnell verbraucht; aber auch hier konnte man bei etwas schonenden Einsatz den Vierbeinern das Leben erleichtern. Doch es gab auch Rohlinge, die diese Holzrückpferde, meist Kaltblüter, misshandelten und bis zur völligen Erschöpfung ausnutzten.

Obwohl Arbeitspferde für jeden Landwirt von entscheidender Bedeutung waren, wurden doch mehr Zugpferde im Transportwesen und der Industrie eingesetzt. Das Transportwesen, ob Rohmaterial zur Verarbeitung gebracht wurde oder fertige Waren transportiert wurden, basierte ganz auf der Muskelkraft und der Schnelligkeit der Pferde. Ohne sie wäre keinerlei industrielle Aktivität möglich gewesen. Güter, die in den Häfen ankamen und umgeschlagen werden mussten oder solche, die zu den Häfen transportiert wurden, die zogen eben die Pferde, solange bis der Motor erfunden wurde. Dies waren Zehntausende von Transporten; allein von der belgischen Hafenstadt Antwerpen gingen wöchentlich über zweihundert schwere Ladungen von Handelsgütern nach Frankreich und Deutschland. Das änderte sich langsam als James Watt die Dampfmaschine erfand und diese Dampfmaschine auf Rädern, sprich Lokomotive, dem Pferd die Arbeit abnahm. Von der Pferdetradition blieb die Bezeichnung „PS" (Pferdestärke) für die Leistung der Motoren. Es ist die Kraft, die erforderlich ist, ein Gewicht von 75 Kilo in einer Sekunde um einen Meter zu heben. Doch der perfekte „Pferdemotor" ist stärker als 1 PS. „Je schwerer die Last, desto schwerer muss das Pferd sein, das diese Last ziehen soll", lautet die schlichte Formel eines Experten für Zugpferde.

Auch in fast allen Bergwerken Europas wurden Pferde eingesetzt, nachdem die vertikalen Schächte durch horizontale Stollen ersetzt worden waren, auf denen vor allem Ponys zu den Flözen laufen konnten. Außerdem hatte man Käfige konstruiert, in denen die Tiere unter Tage befördert wurden. Diese kleinen Pferde fristeten ihr Leben tief unter der Erde und erhielten in den meisten Fällen eine gute Pflege. In Schottland waren es die wegen ihrer Kraft und geringen Größe bekannten Shetland Ponys, die man hier unter Tage einsetzte. Die letzten Grubenponys wurden erst 1972 in England in den Ruhestand versetzt. Viele Tiere sollen nach jahrelangem Dasein in dunkler Erde erblindet sein, als sie ans Tageslicht kamen.

Auch in preußischen Steinkohlebergbau arbeiteten über 11.000 Pferde unter der Erde. (In England waren zeitweise 52.000 Tiere im Einsatz.) Notwendige gesetzliche Vorschriften über eine tiergerechte Haltung der Grubenpferde, die als ehemalige Steppen-, Lauf- und Fluchttiere denkbar ungünstige Verhältnisse vorfanden, wurden in Deutschland erst sehr spät erlassen. Organleiden und Überbeanspruchung führten dazu, dass die Grubenpferde auch bei guter Pflege nur eine Gebrauchsdauer von vier bis sechs Jahren hatten. Bedingt durch die engen Verhältnisse in den Stollen ergaben sich für die Tiere die verschiedensten Verletzungsmöglichkeiten. Kaum ein Tier kam ohne mehr oder weniger schwere Wunden am Kopf oder an vorstehenden Körperteilen davon. In Gruben mit hohen Temperaturen wurden die Pferde von schlecht sitzendem Geschirr wund gerieben. Schwere Verletzungen und Todesfälle waren zu erwarten, wenn die Tiere beim Rückwärtstreten in den Förderkorb durch die unverriegelte Abschlusstür in den Schacht stürzten. Die Mehrzahl der Grubenpferde hatten Augenschäden in Form von Linsen- und Glaskörpertrübungen. Von der Staublunge, die so viele Bergleute heimsuchte, blieben sie verschont, dank ihrer langen Nasen, die wie Filter wirkten.

Viel Wert wurde auf einen ordnungsgemäßen Hufschlag gelegt. Wegen der Explosionsgefahr mussten die Eisen in den Gruben kalt aufgeschlagen werden.

Pferde zogen Göpel und Mahlwerke, Rübenschnitzler, Wasserschöpfgeräte und Förderhaspeln, Geräte, bei denen sie permanent im Kreis laufen mussten. Mühlen, die dort standen, wo Wind- und Wassermühlen unpassend gewesen wären, wurden oft von blinden oder halblahmen Tieren gezogen. Blinde Pferde waren auch oft den Postkutschern sehr genehm, sie gingen leicht am Zügel und niemals durch.

Treidelpferde nannte man die Tiere, die Güter oder Passagiere auf Flüssen und Kanälen am Ufer gehend meist flussaufwärts schleppten. In Russland waren es in der Vergangenheit Menschen, die vom Treidelpfad aus die Boote mit langen Stricken zogen. Sie waren billiger als Pferde. In der Regel wurde das Schiff gegen den Strom gezogen, denn stromabwärts fuhr das Schiff bei genügend Gefälle ja von selbst. Treidelpfade an beiden Seiten der Wasserstraßen gab es noch bis Mitte des 20. Jahrhunderts und ebenso auch Treidelpferde. Manchmal wurden die Schiffe auch von Ochsen, Eseln oder Maultieren gezogen.

Kraft und Ausdauer waren vonnöten, denn oft waren es viele Tonnen, die bewegt werden mussten und das viele Kilometer weit. Nach einer gewissen Strecke mussten die total erschöpften Tiere ausgetauscht werden. Leichte, flache Boote wurden von zwei Pferden im Galopp gezogen. Auf einem Pferd saß ein Reiter, der das vordere Tier mit der Peitsche antrieb. Waren die Wasserstraßen zugefroren, wurden sogar Eisbrecher eingesetzt. Bis zu zwanzig Pferde zogen so ein Fahrzeug, häufig im Trab oder sogar im Galopp. Die nicht berittenen Tiere wurden von den Reitern gepeitscht, denn der Eisbrecher musste in Fahrt bleiben, ehe zu dickes Eis jedes Vorankommen stoppte.

Treidelpferde lebten gefährlich; Verletzungen und Todesfälle waren nicht selten. Die Tiere waren meist voll mit Schlamm und Dreck bespritzt und in schlechtem Zustand. Hindernisse bis zu einen Meter Höhe waren zu überspringen. Das ist eine enorme Höhe, wenn man bedenkt, dass sie oft aus tiefem Morast oder von einem glitschigen, aufgewühlten Untergrund aus zu bewältigen waren. Außerdem trugen die Gäule noch ihr Geschirr und manchmal den schweren Sattel nebst Reiter.

Die Pferde mussten auf Kommando von Bord oder Ufer aus schnell reagieren, ihre ganze Kraft ins Geschirr legen oder aber auch ganz behutsam und vorsichtig zu Werke gehen. Häufig fiel ein Pferd ins Wasser. Das hatte schlimme Folgen. Ursachen waren ein Verhaken der Zugleine oder ein überholendes Pferd, das sich vorbeidrängte. Der Bootsmann musste dem Tier sofort ins Wasser nachspringen, es vom Geschirr zu befreien suchen und es irgendwie ans Ufer bringen.

Die meisten Treidelpferde trugen Maulkörbe, nicht etwa, weil sie bissig gewesen wären, sondern damit sie unterwegs nicht grasen konnten. Das hätte den Arbeitsablauf gestört. Trotz aller Strapazen erreichten viele dieser Pferde ein höheres Alter als ihre Kameraden auf dem pferdemörderischen Pflaster der Städte. Ein Treidelpferd in England, das auf den Namen Billy hörte, soll 1972 im hohen Pferdealter von 63 Jahren das Zeitliche gesegnet haben.

Bevor die Dampflokomotive die Eisenbahnwagen zog, waren es die so genannten Eisenbahnpferde, die Fracht und Personen transportierten, in Wagen, die auf Schienen liefen. Eine pferdebespannte Passagierkutsche auf Schienen, die auf einer Zweigstrecke in Nordirland verkehrte, beendete erst 1957 ihren Betrieb, und auf dem europäischen Kontinent taten bis weit in das 19. Jahrhundert hinein Eisenbahnpferde ihren Dienst.

Auf der zweihundert Kilometer langen Eisenbahnstrecke von Linz in Oberösterreich bis Budweis in Böhmen beförderten Pferde jährlich 150.000 Personen, sowie 100.000 Tonnen Fracht, davon war mehr als die Hälfte Salz. Die Fahrt dauerte vierzehn Stunden, und vierzig Jahre lang war diese Bahn in Betrieb, bis sie 1872 zur

Dampfeisenbahn wurde. An der Strecke waren höflich gehaltene Schilder zu lesen, auf denen z.B. stand: „Wir halten es für erforderlich, alle Fußgänger zu bitten, zur Seite zu treten, wenn sich der Zug nähert und den Zug ungehindert passieren zu lassen, da die Pferde und Wagen zum Ausweichen nicht in der Lage sind."

Diese Eisenbahnen trugen auch zur Bevölkerungsexplosion bei, der Transport schwerer Frachten wie Maschinen und Massengüter bis zur Versorgung der Stadtbevölkerung mit Nahrungsmitteln brachte mehr Wohlstand und bessere Ernährung, alles hing vom Einsatz der Pferde ab. In England wurden sogar noch in den 50er- und 60er-Jahren des 20. Jahrhunderts Rangierpferde (schwere Kaltblüter) für Eisenbahnwaggons eingesetzt, und als das letzte dieser Bahnpferde in Pension ging, wurde auch die letzte Dampflokomotive in den Ruhestand versetzt. Während die Eisenbahngesellschaften allein in London am Ende des 19. Jahrhunderts Ställe für 6.000 Pferde unterhielten, war die Zahl im Jahre 1937 auf 850 abgesunken.

Eisenbahnpferde hatten ein kurzes Arbeitsleben; das ständige Anziehen schwerer Ladungen belastete zu sehr ihre Beine. Nach vier Dienstjahren waren sie meist verschlissen, dazu kam noch, dass der Unterrund, auf dem sie liefen, für einen starken Verschleiß von Hufen und Gelenken sorgte.

Für den Zug des Pferdeomnibusses verwendet man nur Stuten, die etwa die gleiche kurze Lebenserwartung hatten wie ihre Artgenossen von der Eisenbahn. Dauerndes Anhalten und Anziehen ließ sie nicht alt werden. Gelenke, Bänder und Sehnen wurden zu sehr strapaziert. Um 1890 hatten die Omnibusgesellschaften in London 2.200 Busse, 11.000 Angestellte und über 20.000 Pferde. Die Last, die diese Buspferde zu bewältigen hatten, lag bei etwa 2,5 Tonnen.

Die Durchschnittsgeschwindigkeit betrug etwa acht bis neun Stundenkilometer. Zu jedem Bus gehörten elf Pferde, die abwechselnd vier Stunden am Tag arbeiten mussten, das scheint nicht allzu viel zu sein, aber es war eine äußerst harte Arbeit, bei der zwei von drei Pferden im Dienst verendeten.

Straßenbahnschienen sollten die Arbeit der Pferde erleichtern, da sich ein Fahrzeug auf Schienen besser bewegt als auf holprigem Pflaster. Doch da eine Gesellschaft nicht davon lebt, wenn sie Pferden die Arbeit leichter macht, wurde sofort das Gewicht der Fahrzeuge erhöht, was zur Folge hatte, dass die armen Pferde jetzt noch um zwanzig Prozent schlechter daran waren als vor Erfindung der Schienen. Außerdem waren die Schienen meist verschmutzt und das Gewicht der Straßenbahn doppelt so schwer wie das der Busse, so dass die Straßenbahnpferde, die man eigentlich entlasten wollte, noch schneller verbraucht waren als die Omnibuspferde.

Siebzig Jahre lang haben Pferde Busse und Straßenbahnen gezogen, bis sie von den elektrisch, bzw. benzin- und dieselgetriebenen Motoren abgelöst wurden.

Doch in den Großstädten arbeiteten nicht nur Pferde vor Bussen und Straßenbahnen, sondern es waren auch die kräftigen Kaltblüter, die Brauerei-, Kohlen- und Müllwagen ziehen mussten.

Warmblüter, also die leichten Pferde, zogen die Kutschen und Zustellungswagen der Post. Es gab eine große Menge Mietpferde für den Güter- und Personenverkehr.

In London fuhren 1890 elftausend Droschken, für die zweiundzwanzigtausend Pferde benötigt wurden. Manche wurden gut gepflegt, andere jedoch oft entsetzlich geschunden und misshandelt. Am schlimmsten erging es den alten und verbrauchten Tieren, die, wenn sie abgeschrieben wurden, kleinen Händlern und Geschäftemachern in die Hände fielen und sich bei diesen zu Tode schuften mussten. Vor überladene Karren gespannt, wurden sie häufig brutal geprügelt, wobei sie immer schwächer wurden und vielfach auf den Straßen starben. Den Pferdehaltern war es gleichgültig, ob ihre Tiere krank oder lahm waren, ihr jämmerlicher Zustand kümmerte sie wenig, man versuchte, das Letzte aus ihnen herauszuholen, und die letzten Tage vor ihrem Tod wurde ihnen sogar das Futter vorenthalten. Mehrere Abdeckereifirmen waren immer unterwegs, um die Tiere, die in den Sielen starben, mit einer Winde auf ihren Wagen zu ziehen. Obwohl das englische Parlament bereits 1822 ein Gesetz zum Schutz der Tiere verabschiedete, um z.B. auch das Leiden der Zugpferde zu verringern, wurde das Gesetz doch kaum beachtet und trug erst spät Früchte. Pferde galten einfach als unbeseelte Wesen, die dem Menschen zu gehorchen und für ihr Futter zu arbeiten hatten, bis sie erledigt waren, ganz nach dem Motto: Machet euch die Erde untertan, und zur Erde gehörte auch die Kreatur. Nur wenige Stadtpferde hatten einen normalen und friedlichen Tod. Die meisten fielen unter das Messer des Metzgers und hatten den Menschen auch im Tode noch nutzbar zu sein. Die Knochen zermahlte man zu Dünger, das Fett diente zur Herstellung von Kerzen, aus Haut und Hufen wurde Kleister produziert und aus Mähnen- und Schweifhaaren wurden Besen gemacht oder Möbel gepolstert. Die Haut wurde auch zu Leder verarbeitet, und das Fleisch bekamen Hunde und Katzen, zumindest in den Ländern, wo das Pferdefleisch für die Menschen ein Tabu war. Allein in Berlin wurden im 19. Jahrhundert fünf Millionen Tonnen Kohle im Jahr verheizt, die gesamte Menge wurde von Pferden transportiert. Dem Pferd in der Großstadt ging es nicht viel besser als dem, das den Menschen im Krieg diente. Beide hatten ein schlechtes Los, dem es nicht zu entrinnen war.

Die Eisenbahn hatte auch das Zeitalter der Postkutschen beendet, deren Blütezeit etwa von 1820-1860 gedauert hatte. In machen Gegenden fuhren Postkutschen noch bis weit in das 20. Jahrhundert hinein.

Die Postkutsche gilt als ein Symbol für die gute alte Zeit. Sie ist als eine Art Idylle auf Rädern uns überliefert. Nach landläufiger Ansicht wurde das Gefährt von einem schmucken Postillion geführt, der zwei, manchmal auch drei oder vier stolze Rosse lenkte und auf dem Posthorn blies. Dieses Bild aus dem 19. Jahrhundert, als zahlreiche Dichter die Postkutschenherrlichkeit in ihren Gedichten, die teilweise auch vertont wurden (z.B. Hoch auf dem gelben Wagen) gefeiert haben.

Erwin Maderholz hat in seinem Buch „Hoch auf dem gelben Wagen" die Kutschen, Postillione, Pferde, Reisende, damalige Weg- und Straßenverhältnisse, Wirtshäuser und alles, was dazu gehörte, umfassend geschildert. Uns interessieren in der Hauptsache die Wesen, ohne die kein Kutschenrad sich gedreht hätte, nämlich die Postpferde. Sie waren nicht nur Gespannpferde für die Postkutsche, in denen Reisende und Postgut transportiert wurden, sondern auch Reittiere für die Postreiter oder Kuriere, wie man sie auch nannte.

Man sagte früher, dass Postpferde mehr als alle anderen Pferde schnaufen und schinden mussten. Schuld daran seien vor allem die Reisenden, die bei aufgeweichten Straßen und steilen Hängen keinen Zuschlag für ein Vorspann bezahlen wollten. Die Pferde sollten sich gefälligst anstrengen, denn dafür bekämen sie auch ihr Futter. Aber auch die Posthalter waren der Meinung, dass eine alte klapprige Mähre noch gut genug sei, bei der Post ihren Hafer zu verdienen. Man müsse ihr nur genug „Langen Hafer", sprich Schläge, geben, dann würde sie auch noch für lange Zeit für die Post von Nutzen sein.

Am wenigsten störte es die „Hohen Herrschaften", wenn die Pferde in den Strängen umfielen. Die Kreatur sollte laufen, bis sie verreckte, mit Geld konnte man sie schon ersetzen, wichtig war nur, das Ziel schnell genug zu erreichen.

1838 sollen siebzehn Pferde, die im Dienste russischer Majestäten unterwegs waren, durch übermäßige Anstrengung zu Tode gehetzt worden sein. In Österreich hieß es: Es gibt 7 Todsünden, die Achte ist das Schinden von Postpferden.

Manche Postillione schätzten blinde Pferde mehr als sehende. Diese gingen niemals durch, auch nicht auf abschüssigen Wegen und ließen sich leicht lenken. Blinde Pferde wagen es niemals, ohne Zügelführung loszurennen.

Natürlich gab es auch viele Postillione, die ein Herz für ihre Pferde hatten, sie gut pflegten und schonend mit ihnen umgingen. An langen Bergauffahrten machten sie Pausen und ließen ihre Tiere verschnaufen.

Am besten hatten es wohl die 400 bis 500 Pferde des Poststalles Berlin. Ein Berliner Postpferd kannte schon den Achtstundentag, und mehr als 7.500 Kilometer im Jahr durfte es nicht bewegt werden. Das Futter war reichlich, und zwei angestellte Veterinäre waren für die Gesundheit der Tiere verantwortlich. Es gab sogar „Erholungsurlaub" für kranke Pferde auf einer Koppel in der Nähe von Tegel. In der Provinz war der Achtstundentag unbekannt. Von früh bis spät waren sie an der Deichsel. Umspann- oder Wechselpferde wurden oft vom Pflug abgespannt und entsprechend ermattet vor die Kutsche geschirrt. Manche Postillione hielten es mit dem Spruch: Denken sollen die Pferde, sie haben die größeren Köpfe. Manche Gäule schienen das wirklich zu tun. Sie kannten die Wege und die Haltestellen und unterschieden die Hornsignale. Nicht selten wurde ein eingeschlafener bier- oder weinseliger Kutscher bis vor die Stalltüre gezogen.

Postkuriere konnten grausame Gesellen sein, die manches Pferd zuschanden ritten, dieses nannte man dann Schindluder.

Es wird von Kurieren berichtet, die ihre Reittiere mit Messerstichen in die Flanken anspornten. Ein französischer Kurier soll aus lauter Übermut seinem Pferd beide Ohren abgeschnitten haben.

Die Post versuchte dem Treiben mancher Rossschinder Einhalt zu gebieten, indem sie schärfere Verordnungen erließ. Zum Beispiel durften die Tiere nicht mehr als drei Stunden irgendwo warten, und wenn sie stark erhitzt waren, musste der Schweiß mit Stroh abgerieben werden. Ein nasser Schwamm sollte Schenkel, Augen, Maul und Nüstern abwaschen. Sand und Schmutz zwischen den Schenkeln konnte ein Pferd untauglich werden lassen, wenn hier keine Säuberung erfolgte.

Am Ende des vorigen Jahrhunderts wurden dann immer mehr Pferdeställe zu Garagen. Zum Schluss des Themas „Postpferde" noch ein Postkutschenreiseerlebnis des bekannten Malers und Schriftstellers Wilhelm von Kügelgen aus seinem Buch „Erinnerungen eines alten Mannes".

„Wir jagten gewaltig daher. Daher wurden die armen Gäule, die ohnehin schon sehr alt und schwach waren und am Tage vorher die gleiche Tour (Bremen-Bernburg) schon einmal gemacht hatten, bald todmüde, und sie verweigerten bei anbrechender Nacht den Dienst. Mir taten die Tiere leid, doch dachte ich: „Es geht dich nichts an." Nach Mitternacht blieben beide endgültig stehen und waren durch keine Prügel mehr fortzubewegen. Der Kutscher wurde wütend, sprang vom Bock, fiel den Pferden in die Zügel und hieb unbarmherzig auf sei ein. Da drängten die Pferde zurück, und wir lagen im Graben. Ich sagte: „Hole sofort Vorspann im Dorf!" „Ja," sagte er und brüllte vor Wut, „aber erst schlage ich eins von den Schindludern tot – oder alle beide." Dann nahm er seine dicke Peitsche und schlug mit dem Stiel den Tieren über die Köpfe, rechts und links, wie ein Toller. Sie seufzten wie Menschen und versuchten vergeblich, ihre Köpfe den wütenden Schlägen zu entziehen. „Wenn du noch eine Hand gegen die armen Gäule hebst, schlage ich dich tot!" schrie ich ihn an. Der Kerl erschrak und sagte: „Nun ja, bleiben Sie bei den Pferden, ich gehe und hole Vorspann." "

In allen Epochen hat der Mensch der Kreatur, der er sehr viel verdankt, oft bitteres Leid zugefügt! Das Pferd war immer das Tier, das ihm am Nächsten stand und gerade deshalb am meisten zu leiden hatte. Der Mensch des 20. Jahrhunderts schob den Gehilfen von Jahrtausenden einfach zur Seite. Mechanisierung der Landwirtschaft und der gewaltige Fortschritt der Technik führten in fast allen Ländern, besonders in den Industrieländern, zum Rückgang der treuen Vierbeiner.

In den Ostblockländern ging diese Entwicklung bedeutend langsamer vor sich. Die Bauern sind dort noch naturverbundener. Trotz Kolchosen und neuer landwirtschaftlicher Technik trennten sie sich nicht so schnell von ihren Pferden. In den oftmals moorigen und sumpfigen Landschaften, wo Traktoren fehl am Platze sind, konnte man auf die Zugpferde nicht verzichten. Straßen und Wege, die hier immer noch oft im grundlosen Morast versinken, sind nur durch Pferde zu bewältigen. Mechanische Kräfte können hier nichts ausrichten, da nützt auch der beste Motor nichts. Doch ausgestorben ist das Pferd auch bei uns nicht. An Stelle der Arbeit ist der Pferdesport getreten, der immer mehr in Blüte kam, je mehr die Arbeitspferde zurückgingen. Dressurreiten, Springreiten, Jagdreiten, Pferderennen und Trabrennen stehen im Mittelpunkt.

In allen Orten, ob groß oder klein, in Stadtrandsiedlungen, auf leeren Bauernhöfen lernen junge und ältere Menschen den Umgang mit Pferden. Unzählige Reitervereine sorgen dafür, dass das Pferd weiterlebt, und es wird bleiben. Auf dem Rücken der Pferde kann der Mensch den Alltag vergessen, die Natur neu erleben, das vielleicht ersehnte Abenteuer und ein hohes Glück genießen. Er bekommt eine Leidenschaft zum Pferd, die er nicht mehr loswird, eine Leidenschaft, die allen Reitern gemeinsam ist und sie verbindet.

Der gestresste und gehetzte Zeitgenosse hat ein Lebewesen gefunden, das ihm hilft, die Größe und Ruhe der Natur zu erleben. Der Untergang unseres besten Freundes in der Tierwelt ist verhindert worden.

Was der Mensch vom Pferd verlangt: Intelligenz – Instinkt – Charakter
Experimente – Verhaltensforschung
Natürlich gibt es Tiere, die in Bezug auf ihre Verstandesmöglichkeiten vor unseren Freunden, den Pferden, rangieren. Denken wir nur an Menschenaffen, Elefanten und Hunde. Der in der Relation kleine Pferdeschädel mit der langen Gesichtshälfte zur Körpergröße ist ein anatomischer Beweis.

Wir wissen, dass dieser Intelligenzmangel ausgeglichen wird durch eine enorme Arbeitsfreudigkeit, unbedingte Treue, einen fabelhaften Ortssinn, ein phänomenales Gedächtnis und die edle Schönheit der Erscheinung. Der egoistische Mensch, der von seiner haushoch überlegenen Intelligenz über alle Tiere überzeugt ist, möchte auch kaum mehr Klugheit bei seinem Haustier Pferd. Im Gegenteil, er tut oft alles, um es nicht klüger zu machen. Es genügt, wenn es willig und fleißig arbeitet, sich gut reiten lässt und als Sportpferd alle Mitbewerber besiegt. Wenn ein Reitpferd gut zugeritten ist, dann hat der Reiter oder Pferdedresseur alles getan, um den Willen des Vierbeiners zu brechen und es unter das Joch des Gebieters zu bringen. Das ist das ideale Pferd, das keinen eigenen Willen mehr hat und nur das tut, was sein Herr von ihm verlangt. Der eigene Wille würde als Widersetzlichkeit angesehen, was gleich bedeutend wäre mit Unbrauchbarkeit. Eine harte Strafe kann hier nur Besserung bringen, wenn das Tier hier noch nützlich sein sollte. Das Bemühen, unsere Pferde, die wir ja schon seit Jahrtausenden nutzen, oft auch ausnutzen und denen wir undenklich viel zu verdanken haben, richtig zu verstehen und artgerecht behandeln, ist zwar heute mehr erkennbar als früher, jedoch fehlt den meisten Pferdebesitzern einfach die Sachkenntnis. Wie sollen sie sich auch mit ihrem Tier verständigen, wenn keine gemeinsame Sprache vorhanden und Kenntnisse über Verhalten und Psyche mit dem erworbenen Vierbeiner nicht mitgeliefert werden. Trotzdem verlangen wir von unseren Haustieren, dass sie die menschliche Sprache verstehen und entsprechend reagieren, ähnlich wie manche Mitbürger von nicht Deutsch sprechenden Ausländern verlangen, dass diese ihre in Deutsch gesprochenen Fragen, Wünsche und Anliegen einfach zu verstehen haben. Das Haustier Pferd hat, ähnlich wie der Hund, unsere Willensäußerungen gehorsam und schnell zu befolgen. Wenn das nicht der Fall ist, wird oft mit Geschrei, Drohungen, die das feinfühlige und sensible Pferd in ihrem Ton versteht, oder aber auch mit Schlägen nachgeholfen. Wer nicht hören will, muss fühlen.

Bei Rindern und Schweinen, auch unsere Haustiere, sind wir großzügiger, hier erwarten wir weniger Resonanz auf unsere verbalen Forderungen. Werden diese Tiere getrieben, ist die Sprache des Knüppels vorherrschend, denn dann werden sie schon verstehen, wohin und wie schnell sie zu gehen haben. Doch auch diese Tiere haben ein Seelenleben, Gefühle und eine Intelligenz, die so weit unter der des Hundes oder Pferdes nicht ist.

Die geistige Aufnahmefähigkeit, sprich Intelligenz, ist beim Pferd genau so unterschiedlich wie bei den Menschen. Sie lässt sich bei jedem Tier, also auch beim Pferd, durch intensiven Kontakt mit einem Menschen sowie durch eine gute Erziehung und Ausbildung fördern. Dass Pferde ein ausgezeichnetes Gedächtnis haben, wissen alle Pferdefreunde und Pferdekenner. Aber können diese Tiere auch denken, weil sie die größeren Köpfe haben, wie es der Volksmund behauptet, wenn auch sehr ironisch?

In jedem Grundkurs der Psychologie wird gelehrt, dass der Mensch das geistig Aufgenommene mit seinem Wissen und seiner Erfahrung verknüpfen kann, oder wie der Fachmann sagt, assoziiert. Er kann die logischen Folgerungen daraus ziehen und es geistig verarbeiten. Er kann es reflektieren.

Beim Pferd, so die Tierpsychologen, gibt es nur ein direktes Denken. Es kann etwas aufnehmen und dies innerhalb von wenigen Sekunden mit einem folgenden Eindruck kombinieren. Ein gutes Lehrergebnis muss auf der Stelle gelobt, eine schlechte Ausführung sofort getadelt werden. Die momentane Situation ist für das Pferd entscheidend. Ein zu spätes Nachüben oder Korrektur hat kaum Wert, denn dann kann das Tier den Fehler und den Korrekturversuch nicht mehr in Zusammenhang bringen. Das Gedächtnis hat den Vorgang zwar gespeichert, aber Verständnis für das Falsche, das richtig gestellt werden soll, dieser kausale Zusammenhang fehlt, wenn der Fehler mehr als drei oder vier Sekunden zurückliegt. Das bewusste Erleben des denkenden homo sapiens und das direkte

Denken mit der direkten Reaktion des Pferdes sind zwei ganz verschiedene Dinge.

Manche vom Instinkt gesteuerte Triebhandlung, wie z.b. das Öffnen der Stalltür oder der Haferkiste, das Finden eines Ziels im Stockdunklen oder das Erkennen wirklicher Gefahrenquellen, oft komplizierte Handlungen. Noch sensationeller, die rechnenden Pferde von Elberfeld, über die wir später noch berichten. All das sind keine Gedankenarbeiten, wie der Laie vielleicht meint; das Pferd ist auch nicht in der Lage, die Geistesarbeit eines kleinen Kindes oder eines Schimpansen auszuführen, was aber bleibt, ist ein ausgezeichnetes Gedächtnis, ohne, wie erwähnt, den kausalen Zusammenhang zu erkennen.

Pferde mit Schlägen zu bestrafen, wenn die „Untaten" Ungehorsam, Faulheit, Durchgehen, Schlagen oder Beißen längst vorbei sind, ist eine unnütze Tierquälerei, das arme Tier weiß überhaupt nicht mehr, wofür es diese Strafe bekommt und reagiert darauf mit Schrecken, Angst und Misstrauen.

Ein Bekannter, der Urlaub auf einem Schwarzwälder Reiterhof gemacht hatte, erzählte, bei einem Ausritt sei ein junger Mann einige Male vom Pferd gefallen, und er hätte das Pferd auch schlecht zügeln können. Ob nun ein schwieriges Pferd oder ein reiterlicher Dilettant, jedenfalls habe er sein Missgeschick auf den, wie er sagte, „verdammten Gaul" geschoben. Ihn vor den anderen Reitern zu züchtigen, wagte er nicht, abends aber habe man den Rohling im Stall erwischt, wie er das arme Tier mit einer Heugabel malträtiert habe. Dieser Vorfall einer späten Rache wurde dem Reitstallbesitzer gemeldet, der Anzeige wegen Tierquälerei erstattete.

Vom Pferd verlangen wir, dass es treu, fromm, immer willig und gehorsam ist. Intelligenz, Sensibilität und manchmal auch ein vermenschlichtes Seelenleben werden oft nur den so genannten edlen Warmblütern, auch Rassemänner im Volksmund, zugesprochen. Kaltblüter oder Ponys, kurz Pferde jeder Rasse,

50

können die gleichen Eigenschaften besitzen, auch wenn sie aufgrund ihres anderen Körperbaus für gröbere Aufgaben herangezogen werden.

Intelligenztests, die gleichermaßen für Warm- und für Kaltblüter durchgeführt wurden, bewiesen, dass beide Schläge sich völlig gleich verhielten, und der Intelligenzgrad nicht vom Gewicht oder der Grob- und Feingliedrigkeit abhing. Niemand von uns würde so borniert sein und bei gewichtigeren und fülligen Mitmenschen eine niedrigere Intelligenz zu vermuten als bei schlanken und sportlichen Typen.

Tierverhaltensforscher, die die Lernfähigkeit und Intelligenz der Tiere testen wollen, erforschen z.B. bei Pferden, wie diese auf Attrappen reagieren. Werden optische Silhouetten als Artgenossen oder Feinde erkannt. Wie verhalten sie sich? Sind sie ihnen vielleicht völlig gleichgültig?

Bernhard Grzimek, der ehemalige Frankfurter Zoodirektor und Publizist berichtet in seinem Buch „Und immer wieder Pferde", wie er ein ausgestopftes Pferd in eine Reithalle stellen ließ und 33 Pferde einzeln mit diesem Schaufensterpferd konfrontierte. Alle Tiere hätten das ausgestopfte Pferd berochen wie einen lebenden Artgenossen, an den Nüstern, am Schwanz und am Hals, wie lebende Pferde dies untereinander tun. Die Zähne wurden bei geöffnetem Maul ganz vorsichtig angesetzt. Eines Tages jagte der Zoodirektor eine Stute, die von anderen Pferden wenig wissen wollte, von der Heukrippe weg; das frustrierte Tier trabte quer durch die Halle auf das ausgestopfte Pferd zu und biss dieses in den Hals. Auch hier wurde sie weggejagt, und ein Wärter stellte die gefüllte Krippe vor den Kopf der Attrappe. Die Stute versuchte jetzt an dieser Stelle ihr Heu zu fressen, doch man trieb sie erneut weg. Daraufhin sprang die Stute auf das ausgestopfte Pferd, biss es heftig in den Hals und warf es um. Ein Wallach, mit dem das selbe Experiment gemacht wurde, schlug mit den Hinterbeinen nach den Kopf der Attrappe.

Für Grzimek war jetzt klar, dass auch Pferde, genau wie Menschen, ihre Wut an einem unbeteiligten schwächeren Dritten auslassen. Schimpansen, so Grzimek, machen das ebenso. Wenn sie von ihrem Frauchen oder Herrchen ausgeschimpft wurden, bissen sie einen unbeteiligten, unschuldigen Mitbewohner oder Besucher ins Bein.

Die Pferde in Grzimeks Reithalle hielten die Pferdeattrappe für einen Artgenossen, begrüßten diese Nachbildung durch Wiehern, waren eifersüchtig auf ihn und beschäftigten sich mit ihm wie mit einem echten Artgenossen. Auf der Weide, wo die Tiere mehr Ablenkung hatten als in der Halle, ließ das Interesse an dem ausgestopften Gebilde etwas nach.

Die Feldbeobachtung als Verhaltensforschungsart kann in der Regel trotzdem effektiver sein, da hier die Tiere in ihrer angestammten Umwelt studiert werden können. Aber auch sie ist nicht frei von Mängeln, auch wenn man hier die Tiere als Ganzes begreifen und verstehen kann. Einmal ließ der Professor ein lebensgroßes Pferdebild malen und ebenfalls in der Reithalle aufstellen. Vierzig Pferde, die mit diesem Bild zusammenkamen, behandelten es wie ein richtiges Pferd. Ihre Nase ging an Nüstern, Hals und den gemalten Schwanz, niemals an die unbemalte Pappfläche. Wenn man sie verjagte, kamen sie immer wieder zum Bild zurück. Nur einer alten Stute sei sowohl das ausgestopfte Pferd als auch das gemalte Bild gleichgültig gewesen. Grzimek war zuerst der Meinung, die alte Dame könne sehr gut unterscheiden, daher seien die Attrappen wohl Luft für sie gewesen, bis er feststellen konnte, dass sie sich auch niemals um ihre Artgenossen aus Fleisch und Blut kümmerte. Auch diese waren ihr völlig gleichgültig.

Ein Pferdebild mit rechteckigem Rumpf und kastenförmigen Kopf, also ein ganz vereinfachtes und primitives Schema, wurde von der Mehrzahl der Pferde genauso behandelt. Als jedoch das naturgetreue Pferdebild daneben gestellt wurde, wurde dieses vorgezogen. Ein Schemabild ohne Beine und ohne Schwanz wurde praktisch überhaupt nicht beachtet. Pferde, so das Fazit, erkennen demnach ihre Artgenossen nicht nur am Geruch. Plastische Nachbildungen und Flächenbilder werden genau wie lebende Artgenossen begrüßt und gut oder schlecht behandelt. Später wiederholte Professor Grzimek diese Versuche auch bei frei lebenden Zebras und kam zu den gleichen Ergebnissen.

Jeder, der sich schon einmal mit Pferden beschäftigt hat, betrieb sicherlich auch seine eigene Verhaltensforschung. Ohne sie ist der Umgang mit dem Vierbeiner kaum möglich. Je besser der Partner Mensch sich dieser Forschung widmet, umso angenehmer wird es für beide Partner sein, Umgang zu haben.

Das Bemühen um ein richtiges Verstehen unseres Sport- und Freizeitgefährten ist sehr relevant. Höchstleistungen im Pferdesport sind nur dann erreichbar, wenn die Tiere psychologisch richtig behandelt werden. Erfolgreiche Sportreiter, Trabrennfahrer, aber auch Cowboys kennen oft nicht viel von Verhaltensforschung und Pferdepsychologie, sind aber manchmal naturbegabte Pferdefachleute, die ihre Tiere instinktiv richtig behandeln. Umwelt und Vererbungsgene sind verantwortlich für das Verhalten der Pferde. Umwelt, das ist Aufzucht, Erziehung, Haltung, Behandlung und Umgang mit all ihren positiven und negativen Begleiterscheinungen. Die Einschränkung aller Lebensbereiche des Haustieres Pferd bedeutet auch für dieses Tier gleiche Qualen, Frustrationen und Psychosen, die einen Menschen heimsuchen, wenn er in Gefangenschaft lebt. Pferde sind von ihrem Ursprung her nicht dazu geschaffen, über riesige Hürden zu springen, Trabrennen zu laufen oder sich vor schweren Lasten abzurackern, auch wenn man sie für diese speziellen Aufgaben gezüchtet hat. Die Aufgaben, die wir ihnen stellen, alles, was wir von ihnen verlangen, läuft nur unter Zwang und ist für die Tiere sinnlos und unverständlich.

Die Vererbung des Charakters und des Verhaltens spielte lange Zeit keine große Rolle. Das Pferd sei von Natur aus gut und werde nur durch falsche Behandlung verdorben, so lautete die landläufige

Meinung. Hierbei wurde wenig daran gedacht, dass man Tiere, die trotz guter und sachgemäßer Haltung einen schlechten Charakter zeigten, heimlich aus der Zucht genommen wurden. Jedes Wesen ererbt eine bestimmte Veranlagung, die auch in der Pferdezucht ihre Relevanz hat. Jedes Pferd ist ein Individuum und hat entsprechend ein eigenes Verhalten, so wie es sich auch in seinem Äußeren von seinen Artgenossen unterscheidet. Die Schwierigkeit der Verhaltensforschung besteht darin, dass die Pferde, die sie beobachtet haben, oft umweltgeschädigt sind und nicht natürlich genug gehalten werden. Es bedarf einer großen Zahl von Beobachtungstieren, um einen gemeinsamen Nenner zu finden. Die Untersuchungen, wie sich die so genannten Primitivpferde in freier Natur verhalten oder die Beobachtungen an wilden Zebras erbringen wichtigere Ergebnisse als Forschungen in zoologischen Gärten, die denen an Hauspferden weitgehend entsprechen. Aber auch solche Forschungen und deren Erkenntnisse können wertvoll sein und die Wildtierforschungen ergänzen.

Unsere Hauspferde haben aufgrund ihrer Abstammung von allen möglichen Wildformen in unterschiedlicher Mischung und durch Zucht durch den Menschen sozusagen ein Blutgemisch und dadurch auch kein einheitliches Verhalten. Allerlei Lokalrassen und Unterarten, die sich in verschiedenen Klimazonen anpassen mussten, haben nicht nur äußerliche körperliche Typen hinterlassen, sondern auch ein differenziertes Verhalten. Trotzdem haben Hauspferde auch alle etwas Gemeinsames, was eben oft durch ein unverständliches besonderes Verhalten ergänzt wird, was den Pferdefreund dann sehr irritiert. In jedem Fall wird das Verhalten unserer Gebrauchspferde, ob in Stallhaltung oder fast ganzjährigen Weidegang, vom Menschen beeinträchtigt und gestört. Wie ist es nun mit den klugen und rechnenden Pferden von Elberfeld?

Die rechnenden Pferde von Elberfeld

Jeder, der sich für unerklärte Kräfte von Tieren interessiert, wird auf die Geschichte vom schlauen Hans stoßen.

Jedes Mal, wenn ich als Schüler Schwierigkeiten mit einer Mathematikaufgabe hatte, erinnerte ich mich an die rechnenden Pferde von Elberfeld, von denen meine Mutter mir erzählt hatte und die, wie sie meinte, mit ihrem Pferdeverstand relativ besser hätten rechnen können als ich mit meinem menschlichen Gehirn.

Der Kluge Hans, ein junger russischer Hengst, der zu Beginn des 20. Jahrhunderts von einem ehemaligen Mathematiklehrer Wilhelm von Osten gekauft und trainiert wurde, sollte nahezu menschliche Intelligenz besitzen. Von Osten begann mit neun Kegeln, deren Anzahl er laut nannte, so dass das Pferd die Mengen erfasste und mit entsprechenden Zahlwörtern in Verbindung brachte. Danach wurden die Kegel durch auf eine Tafel geschriebene Zahlen ersetzt. Es ging weiter mit einfachen Rechenaufgaben, denen dann schwierige Aufgaben mit Quadrat- und Kubikwurzeln folgten. Die Antworten gab Hans mit Hufeklopfen wieder. Von Osten war überzeugt, dass Hans über geistige Fähigkeiten verfügte, von denen man glaubte, sie seien auf Menschen beschränkt. Das Pferd erwies sich als überraschend lernfähig. Schon bald schlug es selbst die Zahlen an. Auch die nächste Lernstufe absolvierte es problemlos. Hans zählte auf bloßem Zuruf oder wenn ihm die entsprechenden Ziffern auf eine Tafel geschrieben wurden. Das kluge Tier beherrschte alle vier Grundrechnungsarten, unterschied Farben ebenso wie musikalische Harmonien. Auch lernte es lesen. Jeden Buchstaben übersetzte es in einem vorgegebenen Klopfcode, also in eine bestimmte Zahl von Hufschlägen. Zur Verblüffung der Zuschauer konnte der Hengst sogar gesprochene Namen buchstabieren. Ein französischer Professor, der sich mit dem Wunderpferd befasst hatte, schrieben: „Hans kann nicht nur addieren, er kann auch lesen und in der Musik Harmonien und Dissonanzen unterscheiden. Außerdem hat er ein ungewöhnlich gutes Gedächtnis und kann das

Datum jedes Wochentages angeben. Seine Intelligenz entspricht etwa der eines vierzehnjährigen Schülers.

Von Osten hatte, bevor er das Pferd kaufte, beobachtet, wie es einen Wagen mit Anhänger auf einer kreisförmigen Auffahrt rückwärts schob, ein Manöver, bei dem mancher Lastwagenfahrer seine Schwierigkeiten hat. Das Pferd löste diese Aufgabe, ohne dass es jemand am Zügel führte.

Hans lernte auf bestimmte Fragen zu antworten, nickte oder schüttelte den Kopf. Für richtige Antworten bekam er eine Möhre, auf eine falsche Antwort reagierte sein Herr mit schrecklichen Drohungen. Das Pferd klopfte die richtige Uhrzeit, unterschied Münzen und erkannte Partituren.

Psychologie-, Physiologie- und Zoologieprofessoren, Kavallerieoffiziere, Tierärzte und ein Zirkusdirektor beobachteten und befragten den Hengst fünf Wochen lang und mühten sich Wilhelm von Osten bei einem Betrug zu ertappen. Aber auch in Abwesenheit seines Herrn rechnete Hans richtig und beantwortete die ihm gestellten Fragen. Anschließend zogen sich alle Prüfexperten zurück und schrieben separat Einzelberichte, in denen sie ohne Ausnahme bestätigten, dass keinerlei Betrügereien zu erkennen gewesen wären. Alle waren sich einig, das Gesehene nicht erklären zu können. Sie waren einfach ratlos. Man war sich aber sicher, dass das Pferd die Aufgaben nicht selbst lösen konnte, aber niemand hatte erkennen können, dass von Osten dem Hengst Zeichen gab. Schließlich beauftragte man den berühmten Berliner Psychologen und Direktor des Psychologischen Institutes der Berliner Universität Professor C. Stumpf und seinen Assistenten Otto Pfungst mit einer Untersuchung. Diese Wissenschaftler konnten dann beweisen, dass das Pferd die Körpersprache seines Herrn interpretieren konnte. Hans musste Osten irgendwie sehen, dann beantwortete er die Fragen richtig. Daraus schlossen sie, dass Hans keine mathematischen Fähigkeiten besitze und kein Deutsch lesen könne. Vielleicht waren es die Augen, Augenbrauen, die Körperhaltung, die Atemfrequenz oder sogar nur ganz leichte Bewegungen der Nasenflügel seines Herrn, die das kluge, denn klug war es auf jeden Fall, Pferd richtig interpretieren konnte.

Die wissenschaftliche Welt triumphierte. Ein dummes Tier war wieder dorthin verwiesen worden, wo es hingehörte. Von Osten fühlte sich verraten und der Lächerlichkeit preisgegeben. Ein Jahr später starb er einsam und verbittert. Hans kam anschließend in den Besitz des Elberfelder Geschäftsmannes Karl Krall. Krall war fasziniert von der Klugheit des Hengstes. Er erwies sich als ein vorbildlich geduldiger Tierlehrer, ganz im Gegenteil zu von Osten, der impulsiv und reizbar war. Unter Krall machte Hans noch mehr Fortschritte.

Der Elberfelder kaufte noch zwei Araberhengste, Mohammed und Zarif, dazu. Auch diese wurden ausgebildet. Während Zarif langsam und schwerfällig lernte, konnte Mohammed bereits nach vierzehn Tagen addieren und subtrahieren, sowie Plus- und Minuszeichen erkennen. Danach lernten beide Pferde buchstabieren. Bei den Zahlenangaben benutzten sie für die Einerstellen den rechten, für die Zehnerstellen den linken Huf; Buchstaben wurden ebenfalls nach einem bestimmten Code, den Krall entwickelt hatte, mit den Hufen geklopft. 1912 schrieb Krall ein Buch „Denkende Tiere", in dem er sein System genau beschrieb und erläuterte.

Krall bildete weitere Pferde aus, darunter ein Shetlandpony und ein blindes Pferd. Professoren und Wissenschaftler aus ganz Europa kamen nach Elberfeld, und Krall ließ sie mit den Pferden arbeiten und experimentieren.

Die Fachleute waren sich einig: Hier wurde nicht mit Tricks gearbeitet wie bei von Osten. Man stellte fest, dass die Tiere keine bewusste oder unbewusste Zeichen bekamen.

Zwei italienische Professoren stellten Mohammed die Frage nach der Quadratwurzel aus 1.874.161. Die Zahl wurde an eine Tafel geschrieben, und die Wissenschaftler beobachteten durch eine Glasscheibe, nachdem sie den Stall verlassen hatten, wie

Mohammed durch Klopfzeichen die richtige Antwort gab: 1.369.

Selbst das blinde Pferd, das mit Sicherheit keine visuellen Signale empfangen konnte, löste einfache Rechenaufgaben.

Bei einer längeren Befragung durch einen Professor klopfte der Araberhengst plötzlich das Wort „müde" und etwas später die Erklärung „Schmerz im Bein".

Einmal signalisierte er Krall, dass ein Pferdeknecht das Shetlandpony geschlagen hatte. Weitere überraschende und erstaunliche Antworten sowie Erklärungen sind von den Elberfelder Pferden überliefert. Leider wurden diese Wunderpferde im Ersten Weltkrieg eingezogen, den tragischerweise keines von ihnen überlebte.

Noch heute haben die Verhaltensforscher keine wissenschaftliche Erklärung für diese neue Sinnesleistung, die hier bei den Elberfelder Pferden ans Tageslicht kam. Eine Sinnes- und Erfahrungswelt, die über die menschliche weit hinausreicht. Immer wieder wird die Geschichte vom Klugen Hans herangezogen, um unerklärte Fähigkeiten von Tieren irgendwelchen geheimnisvollen Kräften, die das Tier vielleicht besitzt, zuzuschreiben.

Viele Wissenschaftler, besonders die Darwinisten, glaubten nur allzu gern, dass die Elberfelder Pferde wirklich rechnen konnten. Für sie war es eine willkommene Erkenntnis, dass der menschliche Intellekt nicht einzigartig ist. Die Traditionalisten waren dagegen sehr skeptisch, weil nach ihrer Ansicht höhere geistige Fähigkeiten nur dem Menschen eigen sind.

Tatsache ist, dass Pferde und sicherlich auch noch andere Tiere in der Lage sind, winzige Körper- und Ausdrucksbewegungen wahrzunehmen, die uns total verborgen bleiben. Wie nutzen die Pferde diese Fähigkeiten in ihrer gewöhnlichen Umwelt und in ihrer Verständigung untereinander, so wie mit uns Menschen?

Was sind das für Sinne, wenn die Wahrnehmung nicht durch das Sehen erfolgt? Uns Menschen fehlt jedenfalls eine solche tierische Sinneserfahrung.

Der Naturwissenschaftler Rupert Sheldrake spricht vom siebten

Sinn der Tiere und unterscheidet drei Arten von unerklärten Wahrnehmungsvermögen:
Telepathie, Orientierungssinn, Vorahnungen.

Telepathie – Orientierungssinn – Vorahnungen

Pferde gehören zusammen mit Hunden und Katzen zu den nicht menschlichen Arten, mit denen Menschen die stärksten Beziehungen eingehen. Viele Reiter, die sich mit ihrem Pferd eng verbunden fühlen, glauben an eine übersinnliche Verbindung mit ihrem Reittier. Viele Menschen, die mit Pferden zu tun haben und in Ställen arbeiten, können feststellen, dass das Pferd weiß, wenn sie sich dem Stall nähern. Vielleicht sind seine Reaktionen, Unruhe, Wiehern auch auf das scharfe Gehör zurückzuführen.

Besonders, wenn der Besitzer oder Betreuer längere Zeit fernbleiben, legen Pferde schon Stunden vor der Heimkehr eine gewisse Erwartungshaltung an den Tag.

Sheldrake berichtet von einem englischen Mädchen, das mit zwölf Jahren ein Pferd bekam, das es dann selbst zuritt. Als das Mädchen später nach London auf eine Krankenpflegeschule ging, musste sie ihr Pferd bei ihrer Mutter zurücklassen. Zweimal im Monat konnte sie nach Hause fahren. Ihre Mutter stellte fest, dass das Pony immer genau wusste, wann sich die Tochter auf dem Heimweg befand, denn dann begab sich das Tier von einer tiefer gelegenen Koppel, wo es sich immer mit anderen Pferden aufhielt, zum Gatter und wartete. Das machte es jahrelang und immer nur dann, wenn das Mädchen wiederkam.

Auf eine anscheinend telepathische Weise wissen manche Pferde, aber auch Hunde, wann ihre Besitzer kommen.

Viele Pferdehalter und Stallbesitzer sind auch der Meinung, dass ihre Tiere im Voraus wissen, dass sie gleich gefüttert werden. Auch wenn diese Personen weit weg vom Stall wohnen, wissen manche Pferde trotzdem von ihrer baldigen Ankunft und Fütterung, auch wenn sie zu ungewohnten Zeiten kommen. Riechen und Hören sind hier ausgeschaltet. Barbara Woodhouse, eine bekannte englische Hundetrainerin sagt: „Wer mit Hunden und Pferden arbeitet, hält die Existenz telepathischer Einflüsse für selbstverständlich. Kein vernünftiger Mensch bestreitet sie."

Viele Reiter haben eine enge körperliche und mentale Beziehung zu ihrem Pferd und meinen, dass es auf ihre Gedanken zu reagieren scheint.

Lisa Chambers aus Chico in Kalifornien, eine wenig erfahrene Reiterin, berichtet Folgendes:

„Kazan zu reiten wurde ein bisschen nervenaufreibend, da ich nie wusste, wann er scheuen würde. Schließlich versuchte ich telepathisch mit ihm zu kommunizieren. Zum ersten Mal habe ich das probiert, als ich mit ihm eine weiß gestrichene Holzbrücke überqueren wollte. Bei den ersten Versuchen wollte er nicht einmal einen Huf darauf setzen, also stellte ich mir beim nächsten Ausritt klar und deutlich vor, wie er mit mir auf dem Rücken ruhig über die Brücke ging. Es funktionierte! Wir näherten uns der Brücke, betraten und überquerten sie, ohne dass er einen Augenblick lang zögerte oder einen Fehltritt tat. Ich war vom Erfolg meines Experiments so beeindruckt, dass ich mich von da an bei meinem täglichen Umgang mit dem Pferd der Telepathie bediente. Wenn ich möchte, dass Kazan in einen Pferdeanhänger einsteigt, stelle ich mir bildlich vor, wie dies geschieht, und schon geht er hinein."

Der englische Pferdetrainer Harry Blake und der amerikanische Pferdetrainer Monty Roberts sind beide berühmt geworden, weil sie das konventionell und oft grausame Zureiten durch eine, auf mentale Kommunikation mit den Pferden beruhende bemerkenswert rasche und effiziente Methode ersetzt haben.

Blake führte viele Experimente in puncto Kommunikation und Telepathie mit Pferden durch. Unter anderem auch von Pferd zu Pferd, wobei die Tiere in getrennten Gebäuden ohne Sichtkontakt zueinander gehalten wurden.

Notsignale werden nicht nur von Katzen und Hunden ausgesandt. Blake wurde einmal von einem Pferd, das ihm viel bedeutete, um drei Uhr in der Nacht geweckt. Ihm war sofort klar, dass da irgendetwas nicht stimmte. Als er hinausging, um nach dem Tier zu sehen, entdeckte er, dass es eine schwere Kolik hatte,

Unerklärte Kräfte sind bei den Tieren besser entwickelt als bei uns Menschen. Am empfindlichsten, so Sheldrake, reagieren Hunde, gefolgt von Katzen und Pferden. Der englische Pferdetrainer Blake war überzeugt von einer telepathischen Kommunikation von Pferden untereinander, da sie sogar lebenswichtig bei einer Herde in freier Wildbahn ist. Die Herde löst sich häufig auf, wobei manche Tiere außer Sicht- und Hörweite kommen. Beim Auftauchen von Feinden werden die weit entfernten Tiere durch Telepathie alarmiert, sie werden unruhig, spitzen die Ohren, schnauben und entfernen sich dann aus der Gegend. Blake experimentierte mit Pferdepaaren, die Brüder oder Schwestern waren. Die Tiere wurden so getrennt, dass keines das andere sehen oder hören konnte.

Wie man die telepathische Kommunikation zwischen Pferden und anderen Pferden und zwischen Menschen und Pferden mit Hilfe einfacher Experimente untersuchen kann, bewies Blake in 119 Untersuchungen, von denen 68 Prozent positiv verliefen. Zumindest bei Vögeln und Säugetieren hat die Telepathie etwas mit Emotionen, Bedürfnissen und Absichten zu tun. Zu den telepathisch kommunizierten Gefühlen zählen Angst, Unruhe, Aufregung, Hilferufe, Rufe, zu einem bestimmten Ort zu gehen, Vorahnungen einer Ankunft oder Abreise sowie Kummer und Sterben.

Im Falle von Haustieren gilt dies auch für telepathische Kommunikation zwischen Menschen und Tieren, die einander verbunden sind. (Sheldrake)

Die Schwedin Mia Mattsson kommuniziert mit Pferden, Hunden und anderen Tieren. Sie reitet zwar nicht, hat eher ein bisschen Angst vor Pferden, kennt von ihnen meist nur Alter, Besitzer und „Beruf", verblüfft aber immer wieder mit erstaunlichen Details, die sie beim besten Willen vorher nicht wissen konnte. Wie die Zeitschrift „St. Georg" berichtet, muss sie auf eine Art und Weise, die sich dem kühlen Verstand entzieht, tatsächlich die Gedanken der Pferde lesen können, selbst wenn sie eine scharfe Beobachtungsgabe für das Tier, seine Umwelt und die Menschen, mit denen es zu tun hat, besitzt. Pferde haben viel zu „erzählen": Ob der Stall und die Verpflegung gut sind, wen sie mögen und nicht mögen, was den Sport im Parcours betrifft und wie der Reiter es behandelt. Sie sagt: „Unsere Pferde kennen uns besser, als wir glauben. Sie merken nicht nur, wenn wir gute oder schlechte Laune haben, sie wissen auch, wenn wir mit unseren Gedanken woanders sind. Pferde beobachten ihre Umgebung sehr aufmerksam und registrieren mehr, als wir wahrhaben wollen."

Während einer Lebenskrise vor sechs Jahren entdeckte die Schwedin ihre Gabe, mit Tieren zu kommunizieren. Eine Therapeutin machte sie auf ihre hohe Sensibilität für Mensch und Tier, für Stimmungen und Gefühle aufmerksam. Sie begann mit der Übung einer Kommunikation mit Hunden und Pferden. Schwierig war der Versuch, es auch mit Katzen zu probieren, die, wie sie meinte, sehr schwierige Patienten seien, weil sie nicht so leicht auf den Menschen eingehen. Mia Mattsson hat schon mehrere Bücher über ihre Erfahrungen geschrieben und ist im Schwedischen Fernsehen keine Unbekannte. Ihre Familie hielt sie zuerst für verrückt, heute aber ist sie stolz auf Mia, deren Praxis in Stockholm auf zwei Jahre ausgebucht ist.

Doch noch einmal zurück zum Klugen Hans, der meiner Meinung nach seinen Namen zu Recht trägt. Denn zumindest gehört eine große Beobachtungsgabe und Konzentration, aber auch eine gewisse Intelligenz dazu, Zeichen zu sehen und zu interpretieren, die über ein Dutzend geschulter Experten trotz intensiver Aufmerksamkeit nicht wahrnahmen. Tiere haben bekanntlich viel schärfere Sinne als Menschen, aber auch die kaum wahrnehmbaren Zeichen sind keine Erklärung dafür, wie Tiere spontan gestellte Fragen richtig beantworten können. Ein gewisser Professor Edinger schrieb damals: „Es steht fest, dass die Elberfelder Pferde tatsächlich auf ihre Art und Weise lesen und rechnen konnten und dass ihr Besitzer es vermied, irgendetwas zu tun oder zu sagen, was als Hinweis hätte dienen können. Hier handelt es sich um etwas Bedeutendes: Entweder wird dadurch die Tierseele enthüllt oder, was wahrscheinlicher ist, es kommt zu einer rätselhaften Gedankenübertragung."

Auch in Amerika, und zwar im Staate Virginia, hat es einen ähnlichen Fall mit ähnlichen Phänomenen wie in Elberfeld gegeben.

Lady, auch Lady Wonder genannt, war eine etwas klapprige Stute, die bis zu ihrem Tode 1957 rund dreiunddreißig Jahre in einem alten baufälligen Stall wohnte und ebenfalls Gedanken lesen konnte. Auch sie wurde von Wissenschaftlern beobachtet und getestet. Ein Universitätsprofessor bescheinigte der Stute, dass sie eine erstaunliche gute Gedankenleserin sei. Ihre Besitzer, ein Ehepaar namens Fonda, schlugen trotz ihrer Armut lukrative Angebote von Zirkusdirektoren und Hollywoodagenten aus. Die Fondas waren der Meinung, dass die meisten Pferde Ähnliches leisten würden, wenn man sich nur die Mühe machte, sich intensiver mit ihnen zu befassen und sie unterrichten würde. Lady war weniger ein rechnendes Pferd, sondern mehr eine Wahrsagerin, die das Wetter, Ergebnisse von Sportveranstaltungen und Wahlergebnisse voraussagen sollte. Selbst von der Polizei wurde die Stute konsultiert, wenn es galt, Vermisste aufzuspüren. Bei all diesen Aufgaben hatte das Pferd erstaunliche Ergebnisse. In ihrem Stall hatte die Stute eine einfache hölzerne Schreibmaschine. Mit der Nase stupste sie die beschrifteten Tasten an, die dann nach oben klappten. Auf diese Weise gab sie Antwort auf die gestellten Fragen. Später entlarvte man Mr. Fonda, wie er dem Tier Zeichen gab. Lady Wonder war kein Wunderpferd, aber ein ganz besonders wachsames Tier wie ihr deutscher Artgenosse Hans.

Eine Art Telepathie zwischen Menschen und Tieren wird, wie bereits erwähnt, von vielen Zoologen nicht mehr bestritten. Gelöst hat die moderne Wissenschaft dieses Rätsel noch nicht.

Jeder hat schon von den spektakulären Heimfindungen von Hunden, Katzen und Vögeln gehört oder gelesen. Manchmal sind es hunderte, bei Vögeln tausende von Kilometern, die die Tiere zurücklegen, um zu ihrem angestammten Platz in der Heimat zurückzufinden. Eine Fähigkeit, die ebenfalls noch viele Rätsel aufgibt. Auch manche Pferde finden über viele Kilometer von unvertrautem Land wieder nach Hause und würden wahrscheinlich noch mehr von dieser Fähigkeit Gebrauch machen, wenn es keine Weidezäune gäbe. Für den Menschen ist die Heimkehr ja unerwünscht, und deshalb sperrt er die Vierbeiner ein oder bindet sie fest.

Man spricht heute von morphischen Feldern, die die Tiere zu ihren Zielen hinziehen und ihren Orientierungssinn bestimmen.

Diese morphischen Felder sollen auch erklären, warum Tiere wissen, wenn sie z.B. in einem Anhänger unterwegs sind, dass sie sich ihrem Zuhause nähern. Es gibt Pferde, die in einem Fahrzeug transportiert werden, bei Annäherung des Zieles sehr aufgeregt werden, mit den Hufen scharren und stampfen und wiehern. Bekannt ist auch die Vorahnung bei Katastrophen, die sehr viele Tiere befällt, wozu auch die Pferde gehören. Besonders vor Erdbeben hat man beobachtet, wie neben anderen Tieren wie Hühnern, Kühen, Hunde, aber auch Schlangen, Ratten und Vögel, besonders Pferde, starke Anzeichen von Angst bekamen, ihre Halfter zerrissen, flüchteten, Zäune durchbrachen, nicht in die Ställe wollten, kurz panikartiges Verhalten zeigten. Tiere können spüren, was demnächst geschehen wird, und zwar auf eine Weise, die ebenfalls das derzeitige wissenschaftliche Verständnis übersteigt.

Auch vor Unwettern werden Pferde ängstlich, lange bevor der Besitzer merkt, dass ein Unwetter naht. Mancher hat hier auch schon Hunde und Katzen, die sich lange vor einem Unwetter verstecken, beobachten können.

Oft kann man auch beobachten, dass Pferde nicht weitergehen wollen, wenn eine Gefahr bevorsteht. Rupert Sheldrake berichtet in seinem Buch „Der siebte Sinn der Tiere" von einer Österreicherin, die an einem verschneiten Wintertag mit einem Pferdeschlitten unterwegs war:

„Irma, die Stute, zog an, doch nach zehn Metern war Schluss! Sie war nicht zu bewegen, einen weiteren Schritt zu tun. Da ich alles versuchte weiterzukommen, legte Irma den Rückwärtsgang ein, und wir landeten in unserem – zum Glück nur kleinen – Dorfbach. Ich war verzweifelt über die Halsstarrigkeit dieses sonst so gutmütigen Pferdes. Urplötzlich brach ein fürchterliches Donnern los. Vom Dach des vor uns liegenden Stadels stürzte eine riesige Schneelawine und verschüttete den Weg, den wir befahren wollten."

Lawrence Scanlan berichtet in seinem Buch „Warum Menschen Pferde lieben" von einem spanischen Kutschpferd, das durch seinen Instinkt oder Vorahnung eine Katastrophe verhinderte. Auch hier war es eine Stute, die eine Kutsche durch einen Tunnel ziehen sollte, den sie schon sehr oft passiert hatte. Plötzlich aber weigerte sie sich, den Tunnel zu betreten. Hinter der Kutsche staute sich der Verkehr, und der verärgerte Fahrer tat alles, um das Pferd in Bewegung zu setzen. Plötzlich stürzte der Tunnel ein, und man braucht nicht zu betonen, dass das Kutschpferd als Held gefeiert wurde.

Bevor im April 1906 San Francisco von einem großen, schrecklichen Erdbeben heimgesucht wurde, sollen sich viele Pferde aus ihren Boxen befreit und ängstlich und nervös durch die Gegend gerast sein. Pferde, die über eine dünne Schneedecke galoppieren, machen oft einen Sprung im Gelände, als wenn sie einen Bach überqueren müssten. Reiter, die sich darauf die Stelle genauer ansehen, entdecken dann ein Loch im Boden, das zwar unsichtbar, aber vom Pferd im Galopp erkannt wurde. Auch hier wissen wir noch nicht, welche Fähigkeiten die Tiere entwickeln, wenn sie solche Dinge bemerken.

Eine schön erfundene Fabel aber scheint mir die Geschichte von den New Yorker Straßenbahnpferden, die vor den Büros des amerikanischen Tierschutzbundes anhielten und sich weigerten weiterzugehen, bis ein Tierschutzbeamter herauskam und etwas gegen ihre schlimmen Arbeitsbedingungen unternahm.

Realistischer dagegen ist die Story von einem Milchpferd im kanadischen Calgary. Dieses Pferd bekam vom Portier eines Hotels, das es täglich passieren musste, immer ein Stück Zucker. Als es eines Tages am Hotel vorbeikam, stand ein anderer Portier vor dem Haus, eine Vertretung für den erkrankten Pferdefreund. Als der erwartete Zucker ausblieb, zog der Gaul samt Milchwagen die Hoteltreppe hinauf, um nach seinem Freund zu suchen. Erst auf halber Strecke blieben Pferd und Wagen stehen, was für eine Lokalzeitung ein interessantes Foto werden sollte.

Pferde sind Gewohnheitstiere. Wenn Pferd und Reiter tiefe Zuneigung gewonnen haben, was hin und wieder vorkommt, dann kann ein Pferd sogar um die Sicherheit eines Menschen besorgt sein. Auch hier bringt Lawrence Scanlan ein Beispiel. Er erzählt die Geschichte einer Frau, die sich bei zwei Pferden auf einer Koppel befand, als sie plötzlich bewusstlos zusammenbrach. Eines der Pferde rannte daraufhin panikartig im Kreis herum. Beim Wiedererwachen lag die Frau auf dem Rücken, dicht neben dem anderen Pferd, einer riesigen Stute. Der Kaltblüter hatte sich vor die Frau gelegt und ihr dadurch einen sicheren Platz verschafft. Gleichzeitig hielt er das andere nervöse und etwas wilde Pferd im Schach. Als die Frau endlich wieder die Kraft hatte, aufzustehen, neigte ihr die Stute den Hals hin, damit sie sich daran hochziehen konnte.

Verhaltensweisen als Fluchttier

Pferde sind Individuen wie wir auch. Ihre Seele ist empfindsam, ihr Charakter ein eigener, und der Wille kann sehr stark sein, falls man ihn nicht gebrochen hat. So ein Tier kann man nicht wie eine seelenlose Sache behandeln. Die Physis und die Psyche des Pferdes muss der Partner Mensch erkennen. Nur dann kann das Reit- oder Sporterlebnis mit dem Vierbeiner positiv verlaufen. Der Pferdebenutzter sollte sein Tier sehr gut kennen, seine charakterliche Besonderheiten, die Ängste, die es eventuell haben könnte und die Fähigkeiten, die es besitzt, so wie deren Grenzen. Beide Partner müssen sich aufeinander einstellen, die verbale Kommunikation ist einseitig und geht nur vom Menschen aus, wobei das Pferd nur einige Befehle verstehen und vielleicht am drohenden oder beruhigenden Ton in der Stimme ahnen kann, wie und was der Mensch meint. Pferdegerechte Haltung (Offenstall, Auslauf) richtige und pünktliche Fütterung, Pflege, Sauberkeit, aber auch tägliches Miteinander mit den Menschen, sorgen dafür, dass sich diese Haustiere wohl fühlen, ausgeglichen und umgänglich werden.

An vieles haben sich die Vierbeiner allein in den letzten hundert Jahren gewöhnen müssen. Als die ersten Automobile auftauchten, haben sich viele Leute das Genick gebrochen, weil die Pferde durchgingen, wenn sie einem Auto oder einer Lokomotive begegneten. Man forderte Gesetze, die besagten, dass man Autos von Pferden fern halten müsse. Doch mit der Zeit verloren die Tiere ihre Angst vor dem Automobil. Bei diesen Veränderungen war es nicht so, dass Fohlen von ihren Müttern lernten. Jungtiere reagieren heute generell nicht mehr so wie ihre Vorfahren vor hundert Jahren, auch wenn sie von älteren und erfahreneren Pferden getrennt sind und zum ersten Mal einem Motorfahrzeug begegnen.

Das Fluchtverhalten als solches ist natürlich den Pferden angeboren. Nur durch eine schnelle Flucht konnten sich die Wildpferde vor ihren Feinden retten.

Viele Pferdefreunde haben vielleicht noch nicht darüber nachgedacht, warum das liegende Pferd mit der Vorderhand zuerst aufspringt; bei der Kuh ist es bekanntlich umgekehrt. Dadurch, dass es den Kopf zuerst schnell oben hatte, konnte es sich sofort einen Überblick verschaffen, in welcher Richtung der Feind sich befand.

Eine vom Wind bewegte Zeitung oder Papiertüte kann ein Pferd in Panik versetzen und durchgehen lassen. Es sieht die Bedrohung nicht real und reagiert entsprechend. Das Pferd ist ein schreckhaftes Tier. Ich konnte einmal beobachten, wie ein Bauer einen Vorhammer hob, um einen Zaunpfahl in die Erde zu schlagen. Da geriet der sonst ruhige und gutmütige Kaltblüter so in Panik, dass er mit seinem Einspännerwagen durchging, einen Berg hinabraste und unten zitternd und schweißgetränkt stehen blieb. Hinter sich die Reste eines total zertrümmerten Ackerwagens. Auch die Vorfahren der schwerfälligen und coolen Kaltblüter waren Fluchttiere, die so schnell wie möglich das Weite suchten, wenn sie echte oder vermeintliche Gefahren witterten.

Flucht ist die erste Reaktion, Aggression kommt auf, wenn die Flucht nicht möglich ist, dann beginnt es sich zu wehren, Hufe und Gebiss werden zu gefährlichen Waffen.

Schreckhaft ist das Pferd vor allem, wenn es plötzlich überrascht wird. Ein kluger Reiter nähert sich daher dem Tier von vorn und gibt sich schon von weitem durch beruhigende Worte zu erkennen. Legt ein Pferd die Ohren zurück und zeigt die Zähne, so ist immer Vorsicht geboten. Ein Biss oder ein Schlag mit den Eisen beschlagenen Hufen ist bestimmt kein Vergnügen und kann sogar tödlich sein.

Immerhin bleibt das Pferd aber auch ein Herdentier, und daher hat es sein Herr auch leichter, sich ihm gegenüber durchzusetzen.

Francis Galton, der Vetter von Charles Darwin, ein Pionier auf dem Gebiete der Domestikation, hatte für die Haustiermachung von Tierarten gefordert, dass solche Tiere Herdentiere sein müssten, neben einer angeborenen Zuneigung zum Menschen, Liebe zur Bequemlichkeit, Zähigkeit und ein Überleben mit wenig Fürsorge und Aufmerksamkeit.

Herdentiere, so sagte er, lassen sich leicht in Gruppen kontrollieren.

Triebe

Berücksichtigen muss der Pferdehalter bei seinem Tier auch den angeborenen Drang nach bestimmten Trieben. Diese Triebe sind der Sozial-, der Bewegungs-, der Erkundungs- und der Unabhängigkeitstrieb. Bei im Stall gehaltenen Pferden entwickelt sich dann auch noch der Stall- oder Heimtrieb, den man z.b. dann beobachten kann, wenn bei einem Stallbrand die bereits herausgeholten und geretteten Tiere versuchen, wieder in den auch brennenden Stall zurückzulaufen, weil dieser für sie eine gewisse Sicherheit bedeutet.

Besonders ausgeprägt wegen seiner langjährigen geschichtlichen Entwicklung ist der Sozialtrieb dieses Herdentieres. Dazu gehören die Geselligkeit, die Rangordnung und damit eng verbunden der Geltungstrieb.

Pferde, die plötzlich durch den Ausfall eines Partners, z.B. Arbeitskollegen, allein waren, sind schon vor Kummer sehr krank geworden und sogar gestorben.

Bei den mit den Pferden verwandten Eseln sind es in den Herden die Stuten, die dominieren und das „Sagen haben". In den Pferdeherden, oder besser gesagt Familienverbänden (Hengst mit mehreren Stuten und Fohlen), sind es die Hengste, die dafür Sorge tragen, dass alle Mitglieder überleben können.

Ein Leittier ist bei wild lebenden Pferden einfach notwendig, wenn z.B. neue Futterplätze gesucht werden müssen. Beim Grasen ist der Leithengst immer in der Mitte, die Junghengste, die mit vier Jahren die Herde verlassen, grasen am Rande. Kommt es zur Flucht, übernimmt eine ältere erfahrene Stute die Führung, und der Leithengst treibt die Herde vor sich her und versucht, die Raubtiere, oder was auch immer der Gefahrenpunkt ist, abzuwehren. Wird die Herde aber gestellt, bildet man schnell einen Schutzwall um die Fohlen und schwächeren Tiere. Die starken und mutigen stellen sich mit der Hinterhand dem Feind entgegen und versuchen, diesen mit gezielten Hufschlägen abzuwehren. Jetzt wird auch erkennbar, warum eine Rangordnung unbedingt notwendig ist. Ein Fohlen, das sich zu weit von einer Herde entfernt und jede Orientierung verloren hat, dreht sich so lange im Kreis, bis es wieder im Schoße seiner Herde ist. So ist es übrigens bei allen Lebewesen, die in Herden, Rudeln, Verbänden oder Gruppen leben.

Da das Pferd ein äußerst geselliges Tier ist, sollte man bei der Ausbildung und Gewöhnung, z.B. zum Reiten, Anspannen, Beschlagen, Kontakt mit dem Tierarzt oder der ersten Fahrt in einem Pferdeanhänger immer in älteres Führpferd dabei haben. Die Tiere können sehr unangenehm reagieren, wenn sie plötzlich aus einem Verband herausgenommen werden oder von einem Partner getrennt, um jetzt dem Menschen dienstbar zu sein oder irgendetwas alleine verrichten sollen ohne einen Herden- oder Stallkameraden. Jeder kennt die Aufregung und das nervöse Verhalten sowie das klägliche Wiehern, wenn ein Pferd allein im Stall zurückgelassen wird. Es ist kaum zu beruhigen und denkt nicht daran, auch nur einige Minuten still zu stehen. Auch auf der Weide kann man beobachten, wie ein alleingelassenes Pferd unruhig wiehernd hin und her läuft und erst nach Stunden wieder zu weiden beginnt.

Der Geselligkeitstrieb dieses sozialen Wesens kann so stark sein, dass bei der Trennung eines Gespannes das zurückgebliebene Tier plötzlich ein Verhalten zeigt, das der Halter ihm nie zugetraut hätte. Die Zugpferde, die früher als Gespann Transportwagen, Kutschen oder Pflüge zogen, waren meist immer gute Kameraden. Wurde so ein Gespann durch irgend einen Grund (Verkauf, Tod, Krankheit etc.) getrennt, so wurde das allein gelassene Tier unruhig oder total depressiv; oft verweigerte es das beste Futter und manchmal auch die Arbeit. Kam der Arbeitskamerad aber doch zurück, und es hörte schon von weitem den vertrauten Hufschlag, wieherte es vor Freude über das Wiedersehen.

Ein Müllfuhrmann besaß in den fünfziger Jahren zwei Pferde, mit denen er die schwere Arbeit der Müllabfuhr verrichtete. Die beiden Tiere gingen schon seit zehn Jahren zusammen. Ihre gegenseitige

Zuneigung war fast krankhaft. Wenn sie unterwegs hielten, spielten sie miteinander, indem sie sich gegenseitig die Mähnengegend beknabberten, die Köpfe aneinander rieben und so taten, als flüsterten sie sich etwas in die Ohren. Wenn ein Pferd einmal im Stall bleiben musste, gab es später eine riesige Wiedersehensfreude, wie man sie sonst nur bei Hund und Mensch oder auch eben nur unter Menschen beobachten kann.

Da musste das eine Pferd eines Tages wegen Kolik geschlachtet werden. Von dem Tag an war das zurückgebliebene Tier total verändert. Der bis dahin gutartige und äußerst brave Wallach wurde von heute auf morgen bösartig, begann zu beißen und schlug aus, wenn sich ihm einer von hinten näherte. Er wurde eine Gefahr für den Besitzer und seinen neuen Arbeitsgenossen, ein frommes und arbeitswilliges Tier. Von diesem wollte er gar nichts wissen, biss und schlug nach ihm. Der Fuhrmann bestrafte den abartig gewordenen Gaul durch heftige Schläge. Darauf kompensierte er seine Boshaftigkeit mit Stumpfsinn, Gleichgültigkeit, ja er wurde regelrecht apathisch. Hü und Hott ignorierte er, und bei der Zügelführung ließ er jeden Gehorsam vergessen. Dabei nahm der Wallach unnatürliche Stellungen ein, die auf eine Gleichgewichtsstörung schließen ließen. Beim Fressen vergaß er das Kauen, den Kopf hielt er so tief gesenkt, als sei ihm der Schädel zu schwer geworden. Er stierte immer nur in eine bestimmte Stallecke. Vielleicht hätte hier ein Tierpsychiater, wenn es so etwas gegeben hätte, Abhilfe schaffen können.

Dieser Trauerbericht hört sich fast menschlich an, ist aber nichts anderes als der starke Geselligkeitstrieb, der bei manchen Pferden eben sehr ausgeprägt sein kann.

Auch bei uns Menschen kann seelisches Leid die Sinne durcheinander bringen. Warum soll da nicht die gleiche Ursache eine gleiche Wirkung bei Tieren zeigen, eben in einer dem Tier angemessenen Form.

Als Gegensatz zu dieser innigen Freundschaft könnte man z.B. den bei Pferden häufigen Futterneid bezeichnen, der sich ja auch oft genug bei uns Zweibeinern offenbart. In einem sauerländischen Dorf hatte ein nicht sehr wohlhabender Landwirt einen alten Gaul, den die harte Arbeit verbraucht hatte, und der kaum noch zu einer schweren Tätigkeit fähig war. Es blieb nur noch die Schlachtung für das arme Tier. Natürlich musste ein neues Arbeitspferd an seine Stelle treten, denn ohne ein Pferd war die Landwirtschaft nicht zu bewältigen. So wurde ein neuer fünfjähriger prächtiger Fuchs vom Händler gekauft. Von allen bewundert wurde das schöne Tier vorerst neben den alten, braven Braunen in den Stall gestellt, denn dieser sollte erst drei Tage später vom Schlachter abgeholt werden, was trotz des prächtigen neuen Fuchswallachs alle bedauerten, die ihn gekannt hatten. Doch als der Pferdemetzger sein Pferd holen wollte, konnte er sofort beide Tiere als Schlachtpferde einladen, denn die alte müde Mähre hatte dem jungen viel versprechenden Fuchs das linke Hinterbein regelrecht zerschmettert. Hier hatte es keine freundschaftliche Zuneigung gegeben, sondern Futterneid und Besitzanspruch eines Einzelpferdes mit bösen aggressiven Folgen.

Pferde sind eben sehr verschieden, manche haben ein großes Anlehnungsbedürfnis, dass sie schon zufrieden sind, wenn ein anderes Tier, Schaf, Ziege, Kuh oder auch ein Hund ihnen im Stall Gesellschaft leistet.

Ein Pferd, das als Einzeltier gehalten wird und keinen Kontakt zu Artgenossen hat, kann z.B. einem Hund gegenüber, zu dem es eine Art von spielerischer Beziehung gewonnen hat, Verhaltensweisen zeigen, die zum Funktionskreis Sexualität gehören.

Der Trieb zur Rangordnung ist auch bei unseren Hauspferden trotz 5000 Jahre langer Domestikation immer noch vorhanden. Wenn man einmal beim Weidegang darauf achtet, in welcher Reihenfolge Pferde an eine Futterstelle oder Tränke gehen, kann man dieses Phänomen beobachten. Sogar in der Beziehung zu Menschen hält das Pferd eine Rangordnung ein. Oft ist es nicht der größte und kräftigste Reiter, der ranghöher angesehen wird, sondern sehr häufig Jugendliche, besonders aber Mädchen und Frauen, die meist längst nicht die Dominanz oder Strenge besitzen wie ihre männlichen Reiterkollegen.

Bei Maultieren (ein Produkt aus Eselhengst und Pferdestute) ist dies noch ausgeprägter. Diese geschlechtslosen Tiere gehen die unglaublichsten Bindungen ein. Sie schenken ihre Zuneigung irgendjemanden, sogar einem, der tief unter ihnen steht. Am wenigsten dem Menschen, der sie vielfach schindet und quält. Es hat schon Maultiere gegeben, die ihr Herz an Fohlen und Hunde gehängt hatten, sogar an Bisonkälber, einmal sogar an eine Ente. Dem Menschen gehorchen sie nur unter Zwang, sind ihm dann untertan und dienstbar mit der Geduld eines Esels und der Kraft des Pferdes, ihrer Eltern.

Aber das hat meiner Meinung nach weniger mit Rangordnung zu tun. Die Zuneigung spielt hier eine Rolle.

Die Anerkennung des Menschen durch das Pferd als im Rang höher, resultiert immer nur aus Partnerschaft, die aus Vertrauen erwachsen ist, auf keinen Fall aus einer zwangsweisen Unterwerfung, wo Gewalt und Strafen mit im Spiel waren.

Der Unterwerfer oder Pferdezähmer kann durch seine gewalttätigen Methoden das Tier wohl gefügig, gehorsam, arbeitsam, schnell oder was auch immer machen, aber es erfolgt kein Vertrauensverhältnis und keine freiwillige Rangunterordnung.

Das Pferd war und ist immer noch ein Bewegungstier. Der schnelle und ausdauernde Lauf hatte in der Geschichte dieses Tieres immer eine große Bedeutung. Das Urpferdchen Eohippos bewegte sich in den Urzeiten auf fünf Zehen und lief damit etwa 50 bis 60 Kilometer weit. Immer mehr verhornte die Mittelzehe, die schließlich zum Huf wurde, unser Pferd wurde zum Einhufer. Alle Organe, die eine schnelle Bewegung behindern könnten, sind relativ klein geblieben, z.B. Magen und Stuteneuter. Ein Fohlen muss an diesem gegenüber der Kuh sehr kleinen Euter fast fünfzig mal am Tag trinken, um satt zu werden, während das Kalb zehnmal so wenig seinen Milchdurst sättigen muss.

Ein schneller Läufer ist natürlich auch der Hund, dessen Vorfahre zwar kein Fluchttier, sondern ein angreifendes Wesen war. Er ist auch persönlicher als das Pferd. Mit ihm kann man reden, auch er weiß, uns zu behandeln. Er liegt bei uns unter'm Tisch, manchmal sogar im Bett, begleitet uns auf Schritt und Tritt und nimmt Gutes und Schlechtes von uns an. Er ist unterwürfig und erkennt uns als den stärkeren an.

Zum Pferd aber muss man sprechen. Zwiesprache ist erforderlich, um gegenseitiges Verständnis zu bekommen. Auch wenn das Pferd dabei zurückhaltend und kühl bleibt, wogegen der Hund mit dem Schwanz wedelt, vor Freude jault und sich auf den Rücken legt, um uns den gefährdeten Bauch entgegen zu halten.

Bei beiden Tierarten spricht man von Abrichtung und Dressur. Auch wenn man die Pferde dazu brachte, in Bergwerken, Steinbrüchen und Mühlen ein Rad zu drehen. Dauerndes Kreislaufen oder Hin- und Herziehen bedarf genau so wenig Dressur wie in finsteren und feuchten Grubengängen bis zur Erblindung Kohleloren zu ziehen. Auch im alten und kranken Zustand.

Das Schlimmste aber war der verantwortungslose Umgang als Tötungsinstrument in den Kriegen, ein lebendes Instrument, das dann selber sterben musste. Seine größte Zeit war gleichzeitig die Zeit seines größten Massentodes

Kaum einer denkt heute noch an die furchtbaren Todesschreie eines Pferdes, wenn es vom Stahl getroffen mit aufgerissenem Körper wie wild herumjagte, um dann zusammenzubrechen. Schuld an diesen Schmerzensschreien und dem grauenhaften Tod war immer der Mensch, der Freund, dem es immer vertraut hat, trotz allem, was geschah, bis zum Ende.

Zurück zum Bewegungstrieb. Er ist bei den einzelnen Pferderassen verschieden. Es ist unnötig zu sagen, dass der Vollblüter, der als Zweijähriger schon Rennen bestreiten muss, weit mehr Bewegung benötigt als der schwere Kaltblüter, der am liebsten seine Ruhe hat.

Auf den Weiden können alle Vierbeiner ihren Bewegungsdrang befriedigen, auch die Fohlen dürfen sich hier austoben und spielen. Die jungen Tiere haben Gelegenheit, Rangordnungs- und Geltungstriebe auszuleben, Freundschaften zu schließen und sich ausgiebig zu beschnuppern und beknabbern. Lunge und Herz werden trainiert, diese Organe werden im Stall oder beim Spazierenreiten kaum belastet. Wenn das meist stehende Tier dann einmal überanstrengt wird, ist es schnell erschöpft; daher ist das Schonen vor anstrengenden Ritten, also wenig Bewegung, unangebracht und führt zur Schwächung der Kondition. Ein Pferd sollte täglich mindestens zwei bis drei Stunden an zwei verschiedenen Tagesabschnitten bewegt werden.

Gerade den verwöhnten Privatpferden, die in sauberen Boxen bei bester Verpflegung und ausreichender Fütterung gehalten werden, geht es am schlechtesten. Sie stehen einfach nur zu lange im Stall und werden zu wenig bewegt. Bei schlechtem Wetter wird dann noch in der Halle geritten, so dass sie viele Wochen im Jahr nicht aus dem Hause kommen. Solche Pferde können, von der körperlichen Kondition ganz abgesehen, seelisch und intellektuell verkümmern. Es fehlt ihnen an Abwechslung und neuen Sinneseindrücken. Untugenden wie Figurenlaufen und das so genannte Weben können die Folge sein. Figurenlaufen sind permanente Bewegungsläufe in der Box, immer die gleichen Wendungen, Kreislaufen oder bei genügend Platz auch Achtertouren. Solche stereotypen Bewegungsabläufe können auch bei eingesperrten Raubtieren in ihren Käfigen beobachtet werden.

Noch schlimmer ergeht es den Pferden, die in Ermangelung einer Box, angebunden an einer längeren oder kurzen Kette vor ihrem Trog stehen und sich nicht einmal umdrehen können. Ihr Bewegungsdrang wird abreagiert, indem diese Tiere mit der Vorderhand hin und her treten und ihr Gewicht abwechselnd von einem Bein auf das andere verlagern. Die stundenlange Hin- und Herbewegung mit Kopf und Hals erinnert an das Hin- und Herschießen eines Weberschiffchens am Webstuhl und wird daher „Weben" genannt. Diese Untugend wird dann manchmal sogar auf der Weide fortgesetzt.

Schon damals zogen die geschundenen Arbeitstiere eine Weide dem Stall vor, und die Bauern, die die Möglichkeit dazu hatten, gewährten ihren Arbeitskameraden das Vergnügen, sich ohne Geschirr im Obsthof hinter dem Haus ein bisschen wälzen und scheuern zu können.

Für schwerere Arbeitspferde war es außerdem geradezu gefährlich, zu lange im Stall zu stehen, z.B. an Feiertagen oder im Winter, wenn es an Arbeit fehlte. Ein so genannter Kreuzschlag, oft mit Todesfolge, konnte so ein wertvolles Arbeitstier „außer Gefecht" setzen. Eine beliebte Art diesem vorzubeugen, war das Herumtrampeln oder Festtreten des Dunghaufens, um den Pferden die nötige Bewegung zu verschaffen.

Leider haben viele Pferdehalter nicht die Möglichkeit, ihren Pferden genügend Auslauf zu bieten, das Beste aus dem Vorhandenen sollte man machen. Auf dem Lande sind diese Probleme relativ einfach mit dem Weidegang oder sonstigem Auslauf zu lösen. Ruhetage, an denen die Pferde nur geführt werden, können sinnvoll sein, keinesfalls sollte man reine Stehtage einlegen.

Wenn man beim Menschen naturgegebene Triebtätigkeiten unterdrückt, können sich alle möglichen neurotischen Beschwerden daraus ergeben. Der unbefriedigte Bewegungsdrang beim Pferd wird irgendwie von diesem abreagiert; es kann mit der Vorderhand steigen, wegrennen, ausschlagen, beißen oder sich den ihm gestellten Aufgaben widersetzen. Eine sehr schlimme Folgeerscheinung von unbefriedigtem Bewegungsdrang ist auch das Koppen, man spricht auch von Luft- oder Windschnappen, eine Untugend, die ebenfalls bei anderen Equiden, Eseln, Maultieren und Mauleseln vorkommt. Hier wird durch gewaltsames Öffnen des Schlundkopfes bei gleichzeitigem Herabziehen des Kehlkopfes Luft in den Schlundkopf befördert. Dies ist mit einem Geräusch verbunden, man spricht vom Kopperton. Verdauungsstörungen mit

Koliken, Aufblähen und eine Abmagerung des Tieres sind hierbei nicht selten.

Der Erkundungstrieb war und ist auch heute für Pferde in freier Wildbahn lebensnotwendig. Bei hoch entwickelten Säugetieren, die sich schnell bewegen können, ist dieser Trieb sehr ausgeprägt. Erkundet wird sich nach geeigneten Weideplätzen, Wasserstellen oder auch die Umgebung nach möglichen Feinden. Viele Herdenbeobachter kennen das Bild von der schlafenden Herde, bei der aber immer mindestens ein Pferd stehend Wache hält. Bei den domestizierten Einhufern ist dieser Trieb noch stark verwurzelt. Die Sinne: Augen, Ohren und Nase sind immer wach und aufmerksam auf alles in der Umgebung gerichtet. Das Stallpferd sollte auch eine Möglichkeit haben, aus der Tür oder aus dem Fenster schauen zu können, hier soll keine Neugier befriedigt werden, sondern einem Instinkt gerecht werden, den unser Pferd nun einmal von den Urahnen geerbt hat. Der starke Erkundungstrieb hat Tiere in Boxen schon dazu gebracht, die Boxentür gewaltsam zu öffnen, sich an der Haferkiste zu bedienen und mit Stallgefährten zu „flirten". Je intelligenter und sensiblerer ein Pferd ist, umso mehr ist es am Treiben seiner Umwelt interessiert, es möchte erkunden und möchte auch teilhaben. Ein Bedürfnis dem entsprochen werden sollte.

Genau so verhält es sich auch mit dem Unabhängigkeitstrieb, der ebenfalls bei intelligenten und feinfühligen Tieren sehr viel ausgeprägter ist als bei den anderen. Zwang vertragen eher die geistig schwerfälligeren Tiere, wozu aber nicht unbedingt die körperlich schweren und langsameren Kaltblüter zu zählen sind. Ein edles Pferd geht niemals in eine Richtung, die es, aus welchem Grund auch immer, meiden möchte. Hier lehnt es jeden Zwang und Zug am Zügel ab.

Wenn andere Pferde auf der Weide versuchen, sich solch edlen Tieren aufzudrängen, lassen diese das nicht zu. Hier werden sie beißen oder zuschlagen. Nur der Freund oder die Freundin sind zugelassen, eng daneben ihr Futter zu suchen. Sie möchten auch nicht mit den unwillkommenen Artgenossen im Stall nebeneinander gestellt werden. Hier kann es zu aggressiven Handlungen des, die Unabhängigkeit und Freiheit so liebenden Tieres kommen, was man weniger mit Futterneid verwechseln sollte. In der freien Steppe war übrigens der Futterneid unbekannt. Nachdem die an der Spitze grasenden Tiere das Gras abgeweidet hatten, blieben diese zurück, jetzt wurden die hinteren Tiere nach vorn gelassen, immer der Rangordnung nach, auch die letzten „Parias" sollten satt werden. Nicht nur das Huhn, auch der Mensch könnte sich hier ein Beispiel nehmen.

Der Unabhängigkeitstrieb wird vom Menschen sehr oft nicht beachtet. Unabhängig sein wollen wird verwechselt mit Widersetzen und Ungehorsam, bis zur angeblich daraus resultierenden Untauglichkeit. Für den Reiter ist die Methode des Zwangs auf jeden Fall unter seiner Würde, zumindest sollte er seinem Pferd das Gefühl geben, nicht unter Zwang und Druck, sondern aus eigenem Impuls gehandelt zu haben.

Mit dem Gewohnheitstrieb werden des Öfteren Turnierspringreiter konfrontiert. Auf der heimischen Anlage, wo sich ein Pferd zu Hause fühlt, ist es sicher, daher aber auch vielfach ungehorsam, auf dem fremden, ihm unbekannten Turnierplatz, kann dieses Springpferd auf einmal lammfromm sein. Jedes Pferd, das aus der gewohnten Umgebung herausgenommen wird, wird erst einmal von Unsicherheit befallen, dieses Unsichersein kann eine negative, aber auch positive Verhaltensänderung bewirken, die nicht dem Reiter, sondern einfach der neuen Umgebung zuzuschreiben ist. Hier muss durch gegenseitiges Vertrauen und gute Ausbildung die Gewöhnung erreicht werden.

Das ausgeprägte Raumgefühl des Pferdes wird auf Turnierplätzen besonders durch dauernde Umbauten und Veränderungen gestört. Es kommt darauf an, dass die örtlichen Veränderungen frühzeitig vorgenommen werden, um eine schnelle Gewöhnung zu erzielen.

Wie alle tierischen und menschlichen Wesen hat das Pferd auch einen, bei verschiedenen Stuten und Hengsten mehr oder weniger ausgeprägten Geschlechtstrieb. Frei davon ist natürlich der zum geschlechtlosen Tier gemachte Wallach. Stuten können in der Rosse außerordentlich empfindlich reagieren, man kann sie in diesen vier bis fünf Tagen nicht reiten. Bei Arbeitspferden wurde hier nie Rücksicht genommen. Peitsche oder Knüppel korrigierten hier einfach ein gestörtes Verhalten. Es gibt aber auch Stuten, besonders bei den Kaltblütern, bei denen man die Rosse kaum bemerkt. Hengste haben ebenfalls verschiedene Verhaltensweisen. Ein Arbeiten von Hengsten mit rossigen Stuten sollte auf jeden Fall vermieden werden. Rossige Stuten, so erfahrene Pferdetrainer, sollten während der rossigen Tage möglichst frei herumlaufen.

Das Wahrnehmungsvermögen

Den siebten Sinn, von dem Rupert Sheldrake in seinem gleichnamigen Buch spricht, und den etwa zwanzig Tierarten besitzen sollen, haben wir bereits erwähnt. Man spricht bei vielen Säugetieren, vor allem Hunden, Katzen und Pferden, aber auch bei vielen Zugvögeln und z.B. den Lachsen, von einem inneren Kompass, der die Tiere die Richtung und das Ziel finden lässt, was sie erreichen möchten. Auch Pferde sollen nach hunderten von Kilometern Fahrt in einem geschlossenen Waggon wieder in ihre Heimat gefunden haben.

Grubenpferde, die, als sie wieder ans Tageslicht kamen, blind wurden, fanden auch ohne Führung immer den richtigen Weg. Ist dieses Phänomen mehr Heimtrieb, ein gutes Ortsgedächtnis oder der so genannte Orientierungsinstinkt, den wir von den Bienen und Tauben kennen? Dass Pferde auch bei totaler Dunkelheit immer nach Hause finden, hat schon mancher Kutscher oder Reiter erfahren. Bierselige, eingeschlafene Kutscher oder Fuhrleute wurden von ihren Gespannen oder Einspännern bis vor die Haus- oder

Stalltüre gefahren. In einem sauerländischen Dorf banden übermütige Burschen Pferden die Augen zu, damit diese vor irgend ein Hindernis liefen. Die „blinden" Tiere taten ihnen diesen Gefallen nicht und hielten immer kurz vor dem Graben oder einem Zaun an.

Die Augen, die bekanntlich beim Menschen frontal im Kopf liegen und ein übereinstimmendes Sehen ermöglichen, liegen beim Pferd seitlich am Kopf, und das Tier sieht mit auseinander gehenden Blicken. Fototechnisch ausgedrückt verfügt das Pferd über ein Weitwinkelobjektiv. Das ist eine perfekte Anpassung an seine Lebensverhältnisse und seine Bedürfnisse. In einem Winkel von fast 360 Grad kann es alles erkennen. Für ein Fluchttier war das lebenswichtig, denn Raubtiere greifen in der Regel von hinten an. Bedingt durch den weiten Gesichtskreis wurde die Gefahr früh erkannt, dazu kam die enorme Schnelligkeit, und die Chance für das Raubtier blieb gering.

Abschütteln durch Wälzen, abstreifen an niedrigen Ästen, all das waren weitere Möglichkeiten, dem Raubtier (Wölfe, Bären, Raubkatzen) zu entkommen. Junge, noch nicht eingerittene Pferde wenden manchmal die gleichen Maßnahmen beim Menschen an, der sich wie ein Raubtier auf ihren Rücken gesetzt hat. Die Angst vor Raubtieren sitzt immer noch tief im Urgedächtnis, obwohl sich im Laufe der Evolution und Züchtung doch einiges verändert hat.

Auch geht ein Pferd nicht gern vom Hellen ins Dunkle, denn im Wald oder Gebüsch lauerte der Feind.

Die den Pferden verwandten Zebras haben eine etwas andere Art, mit ihren Feinden (Löwen, Leoparden, Hyänen, Wildhunden) umzugehen. Oft ist es so, dass der Zebrahengst in vollem Galopp in die Raubtierrotte hineinprescht, mit den Hufen um sich schlägt und nach den Angreifern beißt. Die Raubtiere weichen dann aus und versuchen, sich an die Stuten und Fohlen heranzumachen. Diese fliehen dann in einem dicht geschlossenen Pulk, jedoch nicht mit hoher Geschwindigkeit. Manchmal warten sie auf den vor- und zurückstürmenden Hengst, bis dieser wieder Anschluss an seine

Schützlinge gefunden hat. Verteidigungstaktik ist bei den Tigerpferden wichtiger als hohes Fluchttempo.

Noch im Eifer des Gefechts versucht der Hengst seine Herde in Richtung einer ruhenden Zebraherde zu lenken. Jetzt bekommt er einen Verbündeten im Kampf gegen den Feind. Zwei, besser noch drei Hengste geben den angreifenden Raubtieren keine Chance, und diese trollen sich ohne Beute davon. Es ist auch schon vorgekommen, dass der Leithengst seine Herde zu einer, für die Raubtiere gefahrloseren Antilopenherde treibt, wobei dann die Angreifer von den Tigerpferden ablassen und das Beuteziel wechseln.

Kleinste Bewegungen (siehe Kluge Hans) werden vom Pferd sehr viel intensiver wahrgenommen als der Mensch das kann. Wir unterscheiden in der Sekunde achtzehn Einzelbilder, das Pferd hingegen achtundzwanzig. Auch das war in freier Wildbahn relevant. Vor sich nahm das flüchtende Tier jede Bodenunebenheit wahr, hinter sich traf es den angreifenden Feind mit einem gezielten Hufschlag.

Für den Reiter kann das bedeuten, dass sein Reittier auch die tief im Gras huschende Maus erblickt, sich davor erschreckt und scheut. Alles, was sich bewegt, sieht das Pferd weitaus deutlicher als ein ruhendes Objekt.

Die Lichtkapazität ist ebenfalls viel besser beim Vierbeiner als beim Zweibeiner. Das Pferd hat, wie viele andere Säugetiere, im Augenhintergrund eine Art Leuchtschicht, die das einfallende Licht reflektiert. Die Lichtstrahlen, die durch die Netzhaut dringen, werden hier aufgefangen und noch einmal gegen die so genannten Sehzäpfchen gespiegelt. Dieser optische Vorgang ermöglicht es dem Pferd fast so gut wie eine Katze bei Dunkelheit zu sehen, wenn wir unsere eigene Hand vor Augen schon nicht mehr erkennen können.

In der Steppe früher oder auch heute beim Weidegang ändern sich bekanntlich die Lichtverhältnisse langsam, und die Augen der Tiere passen sich an. Probleme bekommen die ruhigsten Pferde, wenn sie plötzlich aus der Dunkelheit in künstlich erleuchtete Reithallen geführt werden. Im ersten Moment sehen sie gar nichts mehr. Auch kann ein grelles Autolicht, das bei Dunkelheit plötzlich aufleuchtet, unberechenbare Reaktionen hervorrufen.

Wie steht es nun mit dem Gehör unserer Rösser? Dadurch, dass sie die Ohren nach allen Seiten bewegen können, vernehmen sie selbst die leisesten Töne und können diese auch sofort lokalisieren. Bis zu achtundzwanzig Schallfrequenzen kann ein Pferd unterscheiden, der Mensch etwa achtzehn. Diese Hörschärfe war für das Überleben genau so wichtig wie der Panoramablick der Augen.

Manches erinnert die Tiere heute noch an die gefährlichen Geräusche der Urzeit, z.B. das Zischen einer Sprühdose an das Zischen eines Urfeindes, nämlich der Schlange und macht das Tier nervös. Auch sprechen wir beim Pferd von einer Echoortung, bekannt von der Fledermaus.

Ebenfalls ist das Riechen für die Pferde von besonderer Bedeutung. Jedes Tier hat einen anderen Duft, der in den Duftdrüsen der Nüstern gebildet wird. Beriechen und Kennen lernen sind für jedes Pferd ein wichtiger Akt. Freundschaften auf der Weide können sich nur entwickeln, wenn man sich beriechen kann. Der Geruch der Bezugsperson spielt ebenfalls eine große Rolle. Futter oder Wasser werden erst nach einer Geruchsprobe verschmäht oder genossen.

Wo ein Artgenosse seinen Dung auf der Weide schon vor Jahren abgelegt hat, wird ein Pferd niemals grasen, auch wenn diese so genannte Gailstelle optisch gar nicht mehr wahrnehmbar ist. Es gibt sogar Pferde, die ihr Heu nicht mehr anrühren, wenn vorher eine Maus darüber gelaufen ist.

Während der Hund mit der Nase auf dem Boden schnüffelt, geht das Pferd mit erhobenem Haupt und wittert mit weit geöffneten Nüstern, die ständig schnaubend in Bewegung sind. Es hält die Nüstern gegen den Wind und bemerkt Bewegungen anderer Lebewesen, Veränderungen in der Luft und sogar leichte Bodenerschütterungen. Die Nasengänge sind so feinnervig, dass es sogar den Wassergehalt in der Luft wahrnimmt und verborgene Wasserstellen und Quellen finden kann, von denen der Mensch keine Ahnung hat. Viele Pferde haben dadurch schon manchem Menschen das Leben gerettet. Brände, die kilometerweit entfernt sind, spürt das Pferd schon, wenn der Mensch von ihnen nicht einmal etwas ahnt. Der Mensch bemerkt bei dem Vierbeiner eine unerklärliche Nervosität, plötzlich wird er störrisch, ein sonst sehr folgsames Tier wird wild, ängstlich und aufsässig. Schläge und Sporen bringen keine Änderung, das Pferd wittert eine Gefahr, von der der sinnesschwächere Reiter oder Fuhrmann nichts merkt.

Auch ist es schon vorgekommen, dass ein vom Menschen unbemerktes Glimmen im Stall ein sonst lammfrommes Pferd in Panik und Todesangst versetzen kann. Urinstinkte aus den Tagen des Wildpferdes veranlassen das friedliche Tier zu einer hemmungslosen Wildheit. Sinnesgaben, die die Tiere aus ihrer Steppenzeit noch innehaben, nämlich eine Brandkatastrophe sehr früh zu spüren, genau wie Gefahren im Dunklen, Abgründe und Straßenfallen im Finstern zu erkennen, Änderungen des Bodens und Unwetter frühzeitig zu wittern, all das kann die Gesundheit und das Leben des Reiters oder Fuhrmanns retten.

All diese erhöhten Wahrnehmungsvermögen, ob optisch, akustisch oder mit der Nase gewittert, sollte der Pferdehalter kennen, damit er weiß, warum sein Pferd so oder so reagiert. Boshaftigkeit und Widersetzlichkeit sind eben meist nicht die Gründe von gewissen Reaktionen.

Gefühle und Gefühlsäußerungen

Gefühlsäußerungen gehen beim Pferd viel über die Nase. Das geruchsempfindliche Tier kann auf ein Duftwasser oder Parfüm, überhaupt bei intensivem Geruch die Nase rümpfen, (Flehmen) das bedeutet, es kann im wahrsten Sinne des Wortes jemanden nicht riechen, und das kann auch die bisherige Bezugsperson sein.

Einem, in einer Offenstallhaltung groß gewordenen Pferd macht Regen und Kälte kaum etwas aus. Dieses schlechte Wetter, wie wir es nennen, ist so einem Tier angenehmer als warmer Sonnenschein oder ein temperierter Stall. Menschliche Empfindungen lassen sich nicht mit tierischen vergleichen. Bei Menschen bedeutet Erfolg, Glücksgefühl, ein Misserfolg Unglück, auf Tod reagieren wir mit Trauer, und unsere Feinde verfolgen wir mit Hass.

Auch das Pferd kennt Trauer, Freude und auch Wut, aber es sind andere Sinneseindrücke, auf die solche Emotionen folgen. Von den Pferden Napoleons wird berichtet, sie hätten ihren Herrn gehasst, und der österreichische Schriftsteller Robert Musil behauptet sogar, er habe ein Pferd lachen gesehen. Diese Behauptungen kann man nicht ganz ernst nehmen. Aber, dass ein Pferd sehr aggressiv werden kann, wenn ihm die Fluchtmöglichkeit fehlt, ist oft genug vorgekommen. Diese Aggressivität ist natürlich eine Gefühlsäußerung, die in den Genen des Fluchttieres vorprogrammiert ist Die häufigsten Beißer und Schläger sind die in den Ständen angebundenen Pferde, heute jedoch eine Seltenheit. Auch der Kettenhund ist meist unberechenbar. Hier wird der Freiheits- und Unabhängigkeitstrieb unterdrückt.

Ein Beißer kann auch dadurch entstehen, wenn ein junges Pferd durch Spiel und Neckerei zum „Schnappen" animiert wurde. Ein Pferd sollte nie, auch nicht mit leichtem Handklaps auf die Nüstern, geschlagen werden. Es weiß nie, ob das Spaß oder Ernst bedeutet, ob die Hand vielleicht ein Stück Zucker parat hat oder ihm einen Schlag versetzen will. Schläge auf den Kopf sind in jedem Fall unangebracht und Tierquälerei.

Wenn Arbeitspferde nicht so wollten, wie ihre Herren es wünschten, wurden sie auf alle Körperteile geschlagen. Sie ertrugen dies stumm, verdoppelten ihre Anstrengungen, schlugen auch manchmal aus, wurden sie aber mit Schlägen auf den Kopf traktiert, begannen sie oft laut zu schreien.

Manchmal schlägt ein Pferd auch aus, wenn es sich erschrickt, was aber ein angeborener Reflex ist und keine Gegenwehr gegen einen tatsächlichen oder vermeintlichen Feind. So reagieren schon wenige Tage alte Fohlen, die noch keine negativen Erfahrungen gemacht haben.

Wenn ein Pferd gequält oder schlecht behandelt wird, wehrt es sich in der Regel gegen seinen Peiniger. Das kann so weit gehen, dass so ein Tier nach jedem schlägt, der sich ihm von hinten nähert, auch ohne den erwähnten Reflex. Nur eine mit viel Geduld und mit artgerechter Behandlung durchgeführte Therapie kann solche Tiere wieder heilen. Es gibt aber auch wiederum Pferde, die oft und auch grundlos geschlagen werden und dennoch fromm wie ein Lamm bleiben und es nie wagen würden, einen Menschen zu beißen oder mit den Hufen nach ihm zu schlagen. Wie empfindlich die Haut des Pferdes ist, kann man daraus ersehen, wie es mit dem Fell zuckt, wenn nur eine Fliege sich auf ihm bewegt. Dünnhäutige und sensible Pferde können sogar zum Beißer oder Schläger werden, wenn sie beim Putzen mit einem Blechstriegel zu sehr malträtiert werden, andere ertragen das mit stoischer Gelassenheit, es scheint ihnen nichts auszumachen. Pferde sind eben körperlich und mental so verschieden wie auch wir Menschen.

Sind der Bewegungs- und Freiheitstrieb zu stark beeinträchtigt, kann es beim Pferd zu Gefühlsäußerungen kommen, wobei es sich selbst verletzen kann, und zwar beim Klopfen und Schlagen gegen Stall- oder Boxenwände.

Man kann Ställe beobachten, in denen Standpferde große Löcher mit ihren scharfen Hufen in die Steinmauer geschlagen haben. Langeweile, Bewegungsmangel, Übermut oder Aggression können die Ursache sein.

Symptome für das Koppen und Weben können ebenfalls Langeweile sein, vielleicht wollen die Tiere auch mehr Aufmerksamkeit oder Futter haben.

Viel zu wenig Bedeutung wird dem Raumgefühl der Vierbeiner zugemessen. Besonders sensible Pferde haben ein sehr stark ausgeprägtes Gefühl, was der Stall, die Box oder sogar der Transportanhänger für sie bedeuten. Für primitivere Tiere haben diese Dinge weniger Bedeutung. Manchmal kann eine neue Umgebung die Pferde die vorhandenen Untugenden (Weben, Koppen etc.) vergessen lassen. Jetzt treten die Triebe der Neugier und der Erkundigung mehr in den Vordergrund. Die neue Situation ist ihnen wichtiger, und sie beschäftigt sie mehr als das Raumgefühl. Auf keinen Fall sollte man bei einer Störung des Raumgefühls hier eine Korrektur mit Gewalt vornehmen, die Tiere verhalten sich artgerecht, sie sind nicht unnormal.

Postpferde z.B. wechselten früher dauernd ihren Stall, bekamen sie Probleme, wurde kein langes Federlesen gemacht. Mit Schlägen suchte man ihnen beizukommen. Dadurch wurde es aber nur noch schlimmer. Pferde erinnern sich dann bei kleinster räumlicher Veränderung an die Schläge und reagieren mit Panik.

Neben dem Raumgefühl existiert auch das Zeitgefühl. Füttern, Putzen, Trainieren und Reiten sollten nach Möglichkeit immer zur selben Zeit geschehen, das wäre für das Wohlergehen der Tiere sehr von Nutzen.

Es hat Arbeitspferde im Bergbau, in der Landwirtschaft und im Transportwesen gegeben, die strikt darauf achteten, dass ihre Arbeitszeit eingehalten wurde, sie weigerten sich des Öfteren den Pflug oder Wagen weiter zu ziehen, wenn der Fuhrmann ihre gewohnte Arbeitszeit überschritt.

Wir kennen das ja auch von den indischen Arbeitselefanten, die genau wissen, wann ihre Dienstzeit beendet ist und sich dann weigern weiter zu arbeiten.

Andere Pferde, die vielleicht das gleiche Zeitgefühl haben wie ihre unwilligen Artgenossen, wagen keine Arbeitsverweigerung, weil sie genau wissen, was ihnen dann „blüht".

Bei einer Planwagenfahrt konnte ich einmal eine Arbeitsverweigerung anderer Art bei einem Fuchswallach erleben. Nach einer etwa fünfstündigen Fahrt bekam das Pferd kurz vor dem Ziel einen kräftigen Schlag auf die Kruppe, da die letzte Etappe eine sehr steile Wegstrecke war, die mit Elan genommen werden sollte. Bis zu diesem Zeitpunkt hatte der Fuhrmann, der das Pferd nicht näher kannte und sich Wagen und Gespann geliehen hatte, von seinem Stock noch nicht Gebrauch gemacht. Das Pferd, anstatt kräftig anzuziehen, blieb stehen, drängte nach hinten und zur Seite und war durch nichts dazu zu bringen, auch nur noch einen Schritt vorwärts zu gehen, obwohl Stall und Futter ganz in der Nähe waren. Erst als man den Besitzer geholt und der das erregte Tier beruhigt hatte und am Kopf führte, war der Eklat beendet. Nicht Zeitgefühl, sondern die ungerechte Behandlung muss den sonst sehr fügsamen und fleißigen Gaul zum Streik veranlasst haben. Ins menschliche übertragen: „Die ganze Zeit habe ich mich für dich abgerackert, und zum Dank dafür bekomme ich Schläge."

Das Gedächtnis

Über das phänomenale Gedächtnis der Pferde ist schon viel erzählt und geschrieben worden. Genau wie bei uns Menschen ist das Gedächtnis bei unseren Einhufern die Fähigkeit, Wahrgenommenes einzuprägen und sich später daran erinnern. Dieses Sichmerken kann kurzfristig oder auch über eine lange Zeitstrecke behalten werden. Jedes Erlebnis hinterlässt, manchmal auch noch nach Jahren, eine schmerzhafte oder eben angenehme Erinnerung.

Das Erlebnis beim Pferd kann wie bei uns ein körperliches (z.B. Schmerzzufügung), visuelles oder auch akustisches gewesen sein. Sie erinnern sich auch an den auslösenden Gegenstand oder die Person sowie den situativen Kontext dieses Erlebnisses. Für den Menschen, der mit Pferden zu tun hat, ist es von großem Nutzen, wenn das trainierte und angelernte Tier, das von ihm Angelernte und Andressierte sich einprägt und für immer behält. Je mehr Eindrücke so ein Tier hat, desto mehr wird das Pferdegedächtnis geformt, wobei Gedächtnis nicht mit Denken verwechselt werden darf, auch wenn man, wie es heißt, den Pferden das Denken überlassen soll, weil sie die größeren Köpfe haben. So jedenfalls wurde es den Rekruten im Dritten Reich „eingehämmert".

Das Reittier, das mehr im Stall steht, als dass es sich in der Natur bewegt, sammelt nur wenig Eindrücke, die sich in sein Gedächtnis einprägen könnten.

Viele neue Eindrücke schulen die Aufnahmefähigkeit des Gedächtnisses. Der edle Araber, dem man die höchste Intelligenz zuschreibt, hat auch den meisten Kontakt mit den Menschen und bekommt täglich neue Eindrücke.

Da Pferde sich auch erinnern, wenn das Erlebnis damals sich so ähnlich und nicht ganz genau abspielte, können wir auch von Erinnerungsanknüpfungen oder auch Assoziationen sprechen. Jeder Halter von Arbeits- oder Sportpferden kann sich sicher an interessante Gedächtnisproben seiner Vierbeiner erinnern.

Ganz dürfen wir auch das Denken bei Pferden nicht verwerfen; nur ist es unserem Denken nicht gleich, sondern der Pferdeverstand denkt direkt. Was das ist, werden wir etwas später noch erläutern.

Zwei Episoden von Pferdegedächtnissen, die in meinem Gedächtnis geblieben sind, möchte ich kurz erzählen:

Das erste Ereignis spielte sich auf einer sehr steilen, etwa 3 km langen Wegstrecke ab, die schon vielen Zugtieren zu schaffen gemacht hat, die hier schwer beladene Wagen mit Baumaterial oder Kunstdünger auf die Anhöhe ziehen mussten. Oft wurde versucht, die Steigung mit Gewalt, d.h. mit viel Geschrei und Peitschenhieben zu nehmen. Schweißnass mit zitternden Flanken und Gliedern kam das Gespann auf die Anhöhe. Bei so einer Gewalttour stürzte ein älterer, leidgeprüfter, aber gutmütiger Wallach und fiel mit voller Wucht auf sein empfindliches Maul, das dabei sehr verletzt wurde. Dieser Schmerz und Schrecken muss ihm im Gedächtnis geblieben sein. Als nach mehreren Wochen eine neue Fuhre auf dieser Strecke fällig war, blieb der Gaul genau an der damaligen Unfallstelle stehen und war durch nichts dazu zu bewegen, auch nur einen Schritt weiter zu gehen. Erst als Vorspann geholt wurde ging es weiter, erzählte mir der Fuhrmann.

Von unserem Garten aus hörte ich eines Tages ein lautes Krachen und Splittern, als wenn jemand mit einer Axt eine Tür einschlüge. Tatsächlich war es auch eine Tür, und zwar die eines Pferdestalles, die da zertrümmert wurde. Aber nicht mit Menschenhand, sondern ein kräftiges, massives Bauernpferd war der Täter. Was war geschehen? Ein Mann aus dem Dorf, der eine kleine Landwirtschaft, aber kein Pferd besaß, hatte sich vor einiger Zeit den Wallach ausgeliehen, um irgend eine landwirtschaftliche Tätigkeit mit ihm zu verrichten. Dabei war er wohl ziemlich rüde mit dem Tier umgegangen und hatte es auch wohl geschlagen. Als er jetzt nach geraumer Zeit an der geschlossenen Pferdestalltür vorbei in Richtung Wohnhaus ging, musste der Gaul ihn wohl gewittert haben und bei einem gezielten Schlag in seine Richtung eben nur die Tür getroffen und zersplittert haben. Noch nie habe dieses Pferd ausgeschlagen, sagte der Besitzer.

Es handelte sich hier um eine schmerzhafte Erinnerung mit einer Reaktion, die tödlich hätte enden können. Wenn man es Rache nennt, basierte auch diese auf dem guten Gedächtnis.

Rohe und willkürliche Behandlung schadet nicht nur dem Pferd, sondern stört auch das Vertrauensverhältnis und gefährdet in der Symbiose Mensch-Pferd den Zweibeiner.

So wie der Mensch sein Konzentrationsvermögen trainieren muss, muss es auch das Pferd. Bei Überforderung kann beim Vierbeiner eine Widersetzlichkeit eintreten, daher sind Pausen in jeder Arbeitsphase notwendig. Diese sollten dem jeweiligen Konzentrationsvermögen, das bei allen Pferden verschieden ist, angepasst sein.

Jeder gute Dressurtrainer kennt die richtige Dosierung. Er wird nicht mehr als zweimal am Tag mit seinem Tier üben, um das Konzentrationsvermögen nicht zu strapazieren. Auch wird die Übung dann einprägsamer sich im Pferdegehirn einnisten. Je mehr Wiederholungen, umso mehr steigt der Lerneffekt. Experten sagen, dass ein Pferd sich etwa zwanzig bis dreißig Minuten konzentrieren könne. Übersteige man diese Zeit, käme es zur Widersetzlichkeit oder das Tier würde stumpfsinnig und unmotiviert.

Wille – Rangordnung – Charakter – Temperament

Wie stark der Wille eines Pferdes ist, lässt sich am besten im Herdenverband studieren. Wie ist seine Position in der Herde? Ist es sehr dominant, eine Führungsperson, trennt es sich von der Herde und geht allein auf Erkundigungen? Ein Fachmann erkennt sofort, ob es ein willensstarkes oder ein willensschwaches Tier ist. Kann es sich durchsetzen, wenn es um die Rangordnung geht? All das und vieles mehr gibt Auskunft um den Willen des Pferdes, den der Mensch, der mit ihm zu tun hat, berücksichtigen muss. Die Rangordnung beschränkt sich nicht nur auf die Herde, sondern auch im Verhältnis Reiter-Pferd muss die Rangordnung erst noch hergestellt werden. Ist der Reiter einmal als der Ranghöhere anerkannt, so wird sein Reittier in jedem Fall auch leistungsbereiter ihm zu Diensten sein. Willensstarke Pferde benötigen besonders viel Bewegung, damit der Widerstand bei ihnen nicht all zu sehr zu Tage tritt. Neben der Bewegung sind aber auch Zuneigung und innere Bereitschaft vonnöten, das bringt dann auch das wichtige Vertrauen. Völlig falsch wäre es, den starken Willen eines Pferdes mit Gewalt zu brechen, das hätte nur negative Folgen für Mensch und Tier.

Am ähnlichsten sind sich Mensch und Pferd in Charakter und Temperament. Die Psychologie lehrt uns, dass diese Eigenschaften angeboren sind und durch die Umwelt nur wenig beeinflusst werden können. Für die Persönlichkeit sind sie außerordentlich bestimmend. Natürlich kann der Charakter durch Erziehung und Gewöhnung verändert werden, jedoch ist die Erbanlage dominierend. So wie der Mensch kann ein Pferd bösartig, frech, vorwitzig, neugierig, ängstlich, traurig, lernbegierig, faul, uninteressiert, freudig, aufdringlich, dankbar, undankbar, heimtückisch, gutmütig, fromm oder reserviert sein. Eine große Menge, doch noch nicht alle Eigenschaften, die auch der Mensch besitzen kann; daher die Ähnlichkeit mit dem Zweibeiner. Es gibt jedoch Unterschiede, denn dem Pferd fehlt die Reflexion, seine guten und schlechten Eigenschaften und die Handlungen, die daraus entstehen, kann es nicht verantworten, und man kann es daher auch nicht dafür zur Rechenschaft ziehen. Aus einer Tatsache kann es nichts folgern und auch keinen Vergleich anstellen.

Der oder die Wesenszüge eines Gebrauchspferdes, ob bei der Arbeit oder Sport, müssen erkannt und entsprechend behandelt werden. Das sensible Tier braucht eine andere Behandlung wie das robuste und unbekümmerte, das ängstliche eine andere als das freche, das faule muss anders behandelt werden als das fleißige Tier etc. Für das eine ist eine strenge und konsequente Behandlung nötig, für das andere eine behutsame und vorsichtige, ganz wie es der individuelle Charakter verlangt. Eine körperliche Züchtigung wird von manchen Pferden hingenommen wie Sonne oder Regen, andere Tiere können dadurch für das ganze Leben verdorben werden.

Genau wie der Charakter ist auch das Temperament angeboren und durch Erziehung schwer änderbar, jedoch auch zu beeinflussen. So wie wir bei uns Menschen die vier Temperamente unterscheiden: den lebhaften Sanguiniker, den aufbrausenden oft jähzornigen Choleriker, den schwermütigen Melancholiker und den behäbigen Phlegmatiker, so haben wir genau diese Temperamente beim Pferd auch. Interessant ist es, dass diese Gemütsarten meist auf die Farbe der Tiere fixiert sind, wobei Ausnahmen die Regel bestätigen. Sanguiniker sind meist Braune, Choleriker oft Füchse, die Melancholiker häufig Rappen und die schwer bewegbaren Phlegmatiker meist Schimmel. Die Persönlichkeit eines Pferdes wird vom Willen, Charakter und dem Temperament bestimmt. Unnötig zu sagen, dass bei Kaltblütern das Temperament nicht so ausgeprägt ist wie bei den Warmblütern. Kaltblüter neigen zum phlegmatischen, was aber nicht unbedingt generell behauptet werden soll, denn auch bei den schweren Pferden gibt es sehr lebhafte, reizbare und jähzornige Typen. Kaltblut bedeutet ja nicht, dass diese Pferde kaltes Blut haben, mit „kalt" ist hier ruhig und behäbig, langsam und schwer bewegbar, aber trotzdem sehr stark und willig gemeint.

Auch das Pferd benötigt Tierschutz

Für das Tier, das wir hier behandeln, waren Tierschutzgesetze immer besonders wichtig. In der fünftausend Jahre alten Geschichte von Mensch und Pferd wurden die Kraft, Schnelligkeit, Treue, Freundschaft, Fleiß und Gutmütigkeit dieses edlen Tieres nicht nur genutzt, sondern sehr häufig auf schamlose Weise ausgenutzt und missbraucht. Als Kriegs-, Arbeits- und Reittier hatte es viel Pein und Qual, Hunger, Kälte, Hitze und Elend zu ertragen. Vieles davon habe ich in meinem Buch „Das Pferd, ein oft geplagtes Wesen" beschrieben.

Es gab rohe Pferdehalter, die ihre alten Pferde vor deren Tode besonders geschunden und ihnen ihr verdientes Futter vorenthalten haben. Alltäglich war das Martyrium vieler Pferde, auf die betrunkene Fuhrknechte eindroschen, um ihnen die letzten Kräfte abzuverlangen. Sadisten, die ihre Perversität an unschuldigen und wehrlosen Geschöpfen ausließen.

Der bekannte französische Dichter Victor Hugo versuchte literarisch gegen diese Schinder etwas zu bewirken:

„Montag; gestern trank der Mann in den Spelunken Wein, der voller Wildheit, Schreie und Flüche.

Und der Kärrner ist ein einziger Hagel von Schlägen, auf diesen armen Schinder, der verzweifelt am Zaunzeug zerrt."

Hugo, der sich nicht nur für unschuldig verurteilte Menschen und Gerechtigkeit (Hauptmann Dreyfuss) einsetzte, hatte auch ein Herz für die gequälte Kreatur. In einem Gedicht beschreibt er, wie eine Kröte von Kindern gesteinigt wird, während ein Esel versucht, sie nicht zu zertreten, obwohl auf ihn wie wild eingedroschen wird.

Tatsache ist, dass das Tierschutzgesetz gewisse besonders empörende Grausamkeiten abmildern konnte, doch es bewirkte keine grundlegende Änderung im Herrschaftsdenken der so genannten zivilisierten Welt, eine Vorstellung, die den Menschen zum souveränen Herrscher über die Natur setzt, zu der bekanntlich auch seine Haustiere gehören.

Seit 1933 gibt es in Deutschland ein Tierschutzgesetz, das sämtliche, nicht nur Haustiere, erstmals um ihrer selbst willen schützen soll. Es fordert Gerechtigkeit, nicht nur für sein Leben, sondern auch für seine Empfindungen. Hier wird das Tier zum ersten Mal als Glied der göttlichen Weltordnung dem Menschen gleichgestellt.

Wer ein Tier unnötig quält oder roh misshandelt, wird mit Gefängnis oder einer Geldstrafe bestraft. Jetzt wurde auch verboten, dem Pferd den Schwanz zu kupieren oder einen Hengst ohne Betäubung zu kastrieren. Trotz dieser Strafandrohungen haben sich zahllose Pferdehalter nicht an diese Gesetze gehalten, genau so wenig wie man sich heute an die Schlachtpferdetransportgesetze hält.

Die Bibelaussage: „Machet euch die Erde untertan" hat mehr Unheil als Heil gestiftet. Die Natur sei den Menschen von Gott anvertraut worden und zwar in dem Sinne, dass er den größten Gewinn daraus ziehe, so lehrten die Kleriker. Gefühl, Sentimentalität, Solidaritätsgefühle, aber auch christliches Denken und Humanismus ließen die ersten Tierschutzgesetze entstehen. Leider wird ein Tier immer noch als Sache angesehen und die fürchterlichen Tierversuche für den Menschen als unbedingt notwendig.

Weit mehr als früher treten Tierschützer auf den Plan, Auffassungen von früher werden als überholt, inhuman und antiquiert angesehen. Doch die Dunkelziffer der Tierquäler und Peiniger ist bis heute noch immer sehr hoch, und die wenigsten erhalten ihre gerechte Strafe.

Pferde haben von Natur aus das Bedürfnis, freundschaftliche Bindungen mit dem Menschen einzugehen, oft tun sie es auch nur deshalb, weil sie keine bessere Gesellschaft haben.

Würde der Mensch die Wesensart des Pferdes besser kennen, dann würde er auch manches Verhalten seines vierbeinigen Freundes besser verstehen, vieles respektieren, was ihm sonst nicht einsichtig ist und manche rohe Behandlung unterlassen. Feingefühl und Einfühlsamkeit sollten wichtige Tugenden des Pferdebesitzers sein. Von seiner Herkunft ist das Pferd ein scheues Fluchttier. Seinen Urahnen blieb meist nur die Flucht, wenn Raubtiere oder Menschen den Wildpferden nachstellten.

Dem Unbekannten gegenüber ist dieses Tier immer skeptisch und vorsichtig, auch wenn es schon fast fünftausend Jahre domestiziert ist. Wenn ein Mensch die Freundschaft eines Pferdes erwerben will, muss er dessen Vertrauen gewinnen. Eine sanfte und verständnisvolle Behandlung wird das Tier zu einem dankbaren und treuen Gefährten werden lassen. Es ist eben ein empfindsames und sensibles Wesen. Von psychischen Belastungen kann es krank werden. Es hat schon Pferde gegeben, die vor Kummer sehr krank geworden oder sogar gestorben sind.

Frauen und Mädchen haben meist eine innigere Beziehung zu ihrem Pferd und werden oft auch von ihm mehr akzeptiert als das männliche Geschlecht. Das Wesen der Frau ist von Natur aus geduldiger und sanfter als das des Mannes. Das sensible Tier merkt das sofort und belohnt dieses Verhalten durch eine gute Kooperation.

Einer der größten Frevel bei den Beduinen ist es, ein Pferd zu schlagen. Ihre Tiere haben nicht einmal die eisernen Gebissstangen im Maul, der Schenkeldruck, die Gewichtsverlagerung und die Stimme des Reiters genügen, um den Reittieren zu verstehen zu geben, was man von ihm will. Schmerzhafte Kandaren, scharfe

Sporen oder grausame Peitschen sind bei diesen Wüstenbewohnern tabu.

Der bekannte schweizerische Tierdresseur Fredy Knie trainiert und dressiert seine Pferde völlig gewaltlos und hat dabei Erfolge, die Laien und Fachleute staunen lassen. Flach und entspannt legen sich die Tiere auf den Boden, was nur möglich ist, wenn Pferde absolutes Vertrauen zum Menschen haben. Solche Tiere kennen keine Misshandlungen und keine Furcht vor den Zweibeinern.

Ein harter Dresseur wird niemals solche Erfolge vorweisen können. Die Pferde werden widerspenstig, ängstlich und unsicher sein, wenn ein solcher Rohling sich ihnen nähert. Wer grausam und roh gegen seine ihm anvertrauten Tiere ist, wird sie selten auch nicht viel anders seine Mitmenschen behandeln. Der Schaden, den er seiner Umwelt zufügt, wird ihm früher oder später wieder einholen.

Pferde sind empfindsam, spüren Schmerz und Leid, und sie haben eine Seele. Wer sie ihnen bricht, der gehört bestraft.

Mensch und Pferd

Der Schriftsteller, Arzt, Kavallerieoffizier und passionierte Reiter Rudolf G. Bindung (1867-1938) schrieb eine pathetische Eloge auf die Partnerschaft von Pferd, Reiter und Natur unter dem Titel „Reitvorschrift für eine Geliebte".

In dieser idealistischen Darstellung heißt es u.a.: *„Du musst eins werden mit dem Pferd. Wenn es dich auf seinem Rücken trägt, darfst du nicht von ihm getrennt werden können, weder für das Auge noch in seinen oder deinen Gedanken. Es wird dir nicht gehören, du gehörest denn ihm.".* Weiter heißt es an einer anderen Stelle: *„Meinst du, das Leben zerbreche die Menschen? Sieh, was die Menschen aus Pferden machen. Die Menschen sind es, die das Leben zerbrechen. So zerbrechen sie auch das Leben der Pferde."*

Viele Dichter und Literaten sind oder waren leidenschaftliche Verehrer des „edelsten Tieres auf der Welt", wie der russische

Schriftsteller Iwan Turgenjew (1818-1883), der die meiste Zeit seines Lebens in Deutschland verbrachte, fand. Aber auch Leo Tolstoi und der Amerikaner John Steinbeck haben in leidenschaftlicher, blumenreicher Poesie das Verhältnis Mensch und Pferd zu erklären versucht. Dabei wurde auf philosophische-metaphysische Aussagen, die die Schönheit und Harmonie der Symbiose Mensch und Pferd ausdrücken, nicht verzichtet.

Ganz anders der polnische Schriftsteller Witold Gombrowicz, für den ein Mensch auf einem Pferd sitzend eine regelrechte Beleidigung der Ästhetik war. Er nennt dies wunderlich, geradezu lächerlich. Ein Tier sei nicht dazu geboren, ein anderes Tier auf seinem Rücken zu tragen. Ein Mensch auf einem Pferd sei genau so absurd wie eine Ratte auf einem Hahn, ein Affe auf einer Kuh oder ein Hund auf einem Büffel.

Gombrowicz bezeichnet den Reiter als einen Skandal und als eine Störung der natürlichen Ordnung. Der Pferderücken sei genau so wenig ein Platz für den Menschen wie ein Kuhrücken. Er geht sogar so weit, das Pferd als ein stures und dummes Vieh zu bezeichnen, auf das man schwer hinauf- aber leicht herunterkriechen könne. Zu lenken vermöge man es kaum, wenn es sich mit der Geschwindigkeit eines Fahrrades bewege, außerdem sei es plump, ungeschickt und schon gar nicht zum Springen geeignet.

Früher, so meint der polnische Literat, sei das Pferd einmal nützlich gewesen, doch heute habe sich der Vierfüßler überlebt, und die angeblichen Wonnen, die der Reiter heute angeblich genieße, seien reiner Atavismus, also ein regelwidriges Wiederauftreten von Eigenschaften der Vorfahren.

Wir haben hier sicherlich polemische Gedanken, die zwar einseitig sind, aber auch nachdenklich machen können. Reiten ist auf keinen Fall unnatürlich. Zur Natur gehört auch einfach eine gegenseitige Nutzung der verschiedenen Arten, die natürlich auch in Ausnutzung übergehen kann.

Der Homosapiens, dem die Natur außer seinem Geist manches versagt hat, verschafft sich in seiner Kultur mit seinem Intellekt die Fähigkeit, sich weit über das tierische körperliche Vermögen zu stellen.

Nietzsche sagt: „Der Mensch ist dazu veranlagt, sich seine Lebenswelt selbst zu schaffen und sich dabei auch des Tieres zu bedienen."

Die biologische Existenz des Menschen hängt davon ab, wie er den Umgang mit Fauna und Flora betreibt. Sie bestimmen seinen Lebensraum, von ihnen ist er abhängig, und abhängig ist er auch von bestimmten Lebensgemeinschaften. Man hat heute dafür den Begriff Biozönose geprägt. Eine solche Biozönose ist auch das Verhältnis Mensch-Pferd. Das Pferd war in den letzten Jahrtausenden nicht nur ein unverzichtbarer Helfer der Menschheit, sondern hat auch in vielfältiger Weise, zusammen mit anderen Tieren, den Geist des Menschen erprobt und entwickelt.

Biozönose mit dem Pferd oder auch mit dem Hund umfasst neben dem Zusammenleben seit der Domestikation dieser Tiere eben auch ihre Verwendung: Tragen von Menschen und Lasten, Ziehen von Wagen und Geräten, Kriegseinsatz und vieles mehr. Bei Hunden Wachen und Hüten, aber eben auch Spiel und Sport mit all seinen Verfehlungen, Missbräuchen und Emotionen, kurz allen positiven und negativen Seiten. Die Charaktere beider Teile der Biozönose sind und waren immer verschieden. Die Gegenleistung für die Nutzung seiner Haustiere ist für den Menschen die regelmäßige Ernährung und hoffentlich artgerechte Haltung und vernünftige Behandlung. Bei der Mensch-Haustiergemeinschaft könnte man wohl den Menschen als den Ausbeuter bezeichnen. Zahme Unterwürfigkeit, absoluter Gehorsam, gute Lieferfähigkeit von Milch, Fleisch und Arbeitskraft und vieles Nützliche mehr verlangte der Mensch bei der Domestikation der Wildtiere von diesen. Bei der Selektion und Zucht sind diese Dinge immer noch vorrangig.

Der Einfluss des Menschen bei der Entwicklung des räuberischen Wolfes zum braven, folgsamen Hund wäre auch hierfür so ein typisches Beispiel. Bei Bindungen zwischen verschiedenen Tierarten, die meist zum Vorteil beider Partner verlaufen, spricht man von Symbiose (Zusammenleben), dort wo nur einer den Vorteil für sich in Anspruch nimmt, also schmarotzt, sprechen wir von Parasitismus. Das letztere kann man auf die Verbindung Mensch – Pferd nicht anwenden, da der Mensch zwar das Pferd benutzt, aber auch für dessen Lebensunterhalt sorgt. Auch wenn der Nutzen für den Menschen bei dieser Verbindung größer ist als der des Tieres, können wir hier doch nicht vom Parasiten Mensch sprechen.

Die Haltung von Haustieren, denen die Unterwerfung von Wildtieren vorausging, ist wohl das größte Experiment des Menschen mit Tieren. Der spanische Philosoph Ortega y Gasset nannte es „eine Wirklichkeit zwischen dem reinen Tier und dem Menschen." Das Reittier Pferd idealisierte man zum Kameraden, hier gewann der Mensch zum Pferd hautnahen und unmittelbaren Kontakt. Die ursprüngliche Funktion als Fleischlieferant gilt heute als roh und verpönt.

Das Pferd, heute mehr oder weniger wirtschaftlich und militärisch überflüssig, hat fast nur noch eine sportliche Verwendung.

Berühmte Reiter und ihre berühmten Pferde

Viele Millionen Kriegspferde hat es im Laufe der Geschichte gegeben, die von Rittern, Ulanen, Husaren, Kosaken, Kavalleristen, und wie sie alle hießen, in die Schlacht geführt wurden. Die überwiegend große Zahl ist unbekannt geblieben wie ihre Reiter. Nicht etwa, weil sie weniger treu, mutig, interessant und intelligent waren als die, von denen hier die Rede sein soll, sondern weil ihre Reiter nicht die berühmten Feldherren wie Alexander der Große, Napoleon und sein Widersacher Wellington waren, von deren Pferden hier berichtet werden soll.

Der riesige schwarze Hengst mit dem weißen Fleck auf der Stirn, den König Philipp von Makedonien sich vorführen ließ, war bis dahin von niemandem geritten worden. Alexander war damals zwölf Jahre alt, und er bemerkte, dass das sehr teuer angebotene Tier, das sich schon bei jeder Annäherung aufbäumte und nach hinten ausschlug, ein ganz besonderes Pferd sein musste. Er bot seinem Vater an, den Rappen zu bezahlen, um ihn dann zu zähmen. Historiker meinen, der Preis habe umgerechnet etwa 15.000 Mark betragen. Wenn man meinen würde, der junge Alexander hätte nun versucht, den Hengst mit brachialer Gewalt zu zähmen, um ihn sich gefügig zu machen, irrt man sich. Der junge Prinz hatte erkannt, dass das herrliche Tier Furcht vor seinem eigenen Schatten hatte, und als er ihn einfach in die Sonne drehte, sanft und leise mit ihm sprach und ihn streichelte (ein früher Monty Roberts), ließ der Hengst ihn aufsitzen und galoppierte zum Schrecken von Philipps Vater mit dem späteren Weltbeherrscher davon. Bald kamen beide wohlbehalten zurück; das bis dahin wilde Pferd hatte den Reiter und Freund gefunden, den es brauchte.

Niemand außer Alexander hat dieses Pferd dann auch später geritten, es hätte auch niemals einen anderen auf seinem Rücken geduldet.

Der spätere Feldherr und Welteroberer nannte es Bukephalos (Ochsenkopf). Wenn sein Herr aufsteigen wollte, kniete Bukephalos sich nieder, und der Makedonier galoppierte mit ihm in die Schlacht. Er trug den Feldherrn bei all seinen Feldzügen und starb im hohen Pferdealter von dreißig Jahren an den Wunden, die er in der Schlacht gegen den indischen König Poros von feindlichen Lanzen bekommen hatte. Er wurde mit allen militärischen Ehren bestattet, und ihm zu Ehren gründete Alexander eine Stadt, die er Bukephalia nannte.

El Cid, der spanische Nationalheld, der mit der Einnahme von Valencia 1094 die Ära der Rückeroberung Spanien von den Mauren einleitete, hatte ein Kriegspferd mit Namen Babieca, dem ebenso ein Platz in der Pferdegeschichte gebührt wie Alexanders Bukephalos.

Dieses weiße Schlachtross entstammte der weltberühmten Andalusischen Rasse, der die Menschheit sehr viele Luxuspferde verdankt.

Das leicht zu reitende, schnelle, temperamentvolle und lebhafte Tier blieb immer umgänglich und sanft.

Über zwanzig Jahre lang war dieser Schimmel Weggefährte von Ruy Diaz de Vivar, wie El Cids eigentlicher Name war. El Cid bedeutet „der Herr". Der Hengst war von Kartäusermönchen gezüchtet worden zu denen auch El Cids Pate gehörte, der ihm dieses Pferd schenkte, das unter dem unberechtigten Namen „Babieca" (Dummkopf) in ganz Spanien berühmt wurde. Als El Cid 1099 in Valencia starb, wurde die Stadt wieder einmal von den Mauren belagert. Da ihm bewusst war, dass die Nachricht von seinem Tode die Kampfmoral der Spanier schwächen würde, gab er seinen letzten, sicherlich makabren Befehl, man solle seinen Leichnam aufrecht in voller Rüstung und Bewaffnung auf dem Sattel von Babieca befestigen und in die Nähe des Maurischen Lagers führen.

Der geisterhafte Reiter mit erhobenem Schwert auf seinem weißen Pferd erschreckte die Mauren gewaltig. Sie schrien, El Cid sei von den Toten auferstanden und ergriffen panikartig die Flucht. Sie wurden von den spanischen Reitern verfolgt und vernichtend geschlagen. El Cid hatte zum zweiten Mal, diesmal als Toter, die Stadt Valencia von den Mauren befreit.

Heute ruht der spanische Nationalheld in der Kathedrale von Burgos. Sein Pferd Babieca ist nie mehr von jemandem geritten worden und erreichte das hohe Alter von vierzig Jahren. Unweit von Burgos begrub man den Schimmel vor den Toren eines Klosters zwischen zwei Ulmen. 1948 wurde an dieser Stelle ein Denkmal für Babieca errichtet.

Von Napoleon wird erzählt, dass man im Laufe seiner vielen Schlachten zwanzig Pferde unter ihm weggeschossen habe. Das bekannteste Schlachtpferd des Kaisers war ein grauer Hengst, der nach einem Schlachtort von ihm „Marengo" genannt wurde. In dieser Schlacht war das Pferd, das nur ein Stockmaß von 140 Zentimeter hatte, trotz riesigem Kampfgetümmel und Schießereien völlig ruhig geblieben, auch als Napoleon am Fuß verletzt und sein Reitstiefel zerfetzt wurde. In der Nähe von Austerlitz, wo der Kaiser seinen großen Sieg über die Österreicher errungen hatte, führte er Marengo zu Fuß am Zügel, als dieser plötzlich stehen blieb, schnaubte und die Ohren spitzte.

Der Korse konnte nur noch schnell in den Sattel springen und seinen Feinden, die im Gebüsch gelauert hatten, im Galopp davon reiten. Auf Marengo ritt Napoleon auch die unendliche Strecke nach Moskau und später fluchtartig durch Russland, Polen und Deutschland zurück nach Frankreich.

In der entscheidenden Schlacht von Waterloo waren es wieder diese beiden, Marengo inzwischen 22 Jahre alt, die hier an der Schlacht gegen Preußen und Engländer teilnahmen. Nachdem der graue Hengst eine schwere Verletzung erlitten hatte, verbrauchte der Kaiser noch zwei weitere Pferde.

Marengo blieb in einem Stall bei Waterloo zurück und wurde von den siegreichen Engländern mit auf die Insel genommen, wo er zur Zucht eingesetzt wurde und im Pferdemethusalemalter von 38 Jahren starb und ausgestopft wurde.

Der große Gegner in der Schlacht bei Waterloo war der Herzog von Wellington. Dieser ritt ein braunes, ehemaliges Rennpferd mit den Namen der dänischen Hauptstadt, nämlich Copenhagen. Dieses temperamentvolle Pferd war bekannt durch seine enorme Ausdauer. Er trug seinen Herrn am Tage vor der Schlacht bei Waterloo fast einhundert Kilometer weit und war am Tage der Schlacht fünfzehn Stunden unter dem Sattel. Nicht ein einziges Mal, so wird berichtet, sei Wellington während der Schlacht abgesessen, und als er schließlich total erschöpft vom Pferderücken herunterglitt, drückte Copenhagen seine Erleichterung darin aus, indem er kräftig mit beiden Hinterfüßen ausschlug und den Kopf des Herzogs nur knapp verfehlte.

Am nächsten Tag riss das Pferd seinen Betreuern aus und musste mühsam in den Brüsseler Straßen eingefangen werden. Wellington sagte über sein Pferd: „Ich habe es nie geschafft, ihn bis zum Äußersten zu fordern, aber es war das schwierigste Pferd, da ich je geritten habe." Auch dieses Pferd erreichte ein hohes Alter. Als es mit achtundzwanzig Jahren starb, trauerte nicht nur Wellington, sondern die gesamte englische Nation. Die Londoner Times schrieb einen Nachruf.

Während bisher von drei Kriegspferden erzählt wurde, soll ergänzend noch von einem weltbekannten Springpferd aus unserer Zeit berichtet werden. Diese braune Stute hieß Halla und war im Besitz des sicherlich besten Springreiters der Welt, Hans-Günther Winkler.

Halla war bekannt für ihren etwas schwierigen Charakter und fiel durch, als man sie für Hindernisrennen und Military testete.

Winkler, von dem man sagte, dass er ein außerordentlich taktvoller und beruhigender Reiter sei, der wie kein anderer die Zügel zart führe und sehr leicht im Sattel säße, wusste, dass Halla etwas Besonderes war; außergewöhnlich in der Sprungkraft, mutig und zuverlässig. Aber diese Eigenschaften bewies sie ausschließlich unter Winkler; wurde sie beim Pferdewechsel von fremden Reitern geritten, wirkte die kleine Stute nervös und riss manche Stange der Hindernisse. Trotz eines lahmen Beines, das sie bei einem Durchgang bekommen hatte, weigerte sie sich nicht, noch einmal durch den Parcours zu gehen und bei nur einem Fehler zusammen mit H. G. Winkler die Weltmeisterschaft zu erringen.

Bei den Olympischen Spielen 1956 in Stockholm war es umgekehrt. Jetzt war der Reiter verletzt, eine schmerzhafte Muskelzerrung beim vorletzten Hindernis machte Winkler schwer zu schaffen. Beim abschließenden Stechen musste man den Warendorfer in den Sattel heben, weil er es allein nicht mehr schaffte. Er konnte lediglich die Stute noch in Sprungrichtung bringen, alles andere musste sie alleine machen. Jeder, der sich im Springreiten auskennt, weiß wie viel Konzentration, Geschicklichkeit und auch Glück nötig sind, das Pferd im richtigen Moment, nicht zu früh, nicht zu spät, zum Sprung zu bringen. Die beim Stechen noch enger gemachten Kurven dürfen nicht zu eng, aber auch nicht zu weit genommen werden. Winkler wusste, Halla musste es alleine schaffen, ohne seine Hilfe, sie hatte das Kommando, nicht der Weltmeister. Nur ein überaus kluges und gut trainiertes Tier konnte so etwas bewerkstelligen, und Halla schaffte bravourös diesen Jahrhunderttritt als Siegerin, und ihr sehr verletzter Reiter bekam die Goldmedaille.

Pferde im Zeitalter des Rittertums

Wenn von den Schlachtpferden des Mittelalters die Rede ist, denkt mancher sicherlich an große schwere Rösser, Kaltblüter mit Eisenplatten umhüllt, die schwer gepanzerte Ritter mit Lanze, Schwert und Schild und dazu noch den Sattel tragen mussten.

Doch nach Untersuchungen von Knochenfunden und zeitgenössischen Darstellungen wissen wir, dass die mittelalterlichen Pferde zwar grob und robust waren, aber mit einem Stockmaß von höchstens 145 Zentimetern eher die Größe eines heutigen Ponys hatten. Die Pferde unserer Zeit, Reit- oder Zugpferde, messen 170 Zentimeter und noch mehr. Zu bedenken ist auch, dass die Menschen dieser Zeit um einiges kleiner waren als in der Gegenwart.

Doch schwere Schlachtrosse hat es im Mittelalter auch gegeben, etwa 200 Jahre lang, was in einer tausendjährigen Zeitspanne (etwa 500 n.Chr. bis 1500 n. Chr.) eine relativ kurze Zeit bedeutet. Im frühen Mittelalter, nach dem Tode Mohammeds 632 n. Chr. eroberten die fanatischen arabischen Wüstenkrieger auf ihren schnellen und ausdauernden Pferden ein Gebiet, das östlich bis zur Chinesischen Mauer reichte, ganz Nordafrika und in Europa die Iberische Halbinsel umfasste.

Diese Eroberungen, deren Sinn es war, den Islam zu verbreiten, waren nur möglich, weil die Araber Pferde besaßen, die allen anderen überlegen waren.

Noch zu Zeiten der Römer waren die Araber überhaupt keine Pferdehalter gewesen. Als Trag- und Reittiere hatten sie Kamele und Dromedare. Etwa nach dem Untergang des Weströmischen Reiches begann bei ihnen eine blühende Pferdezucht, die einen gewaltigen Aufschwung bekam, als der Prophet dem Pferd eine wichtige Rolle im Islam zuwies.

Als die nordafrikanischen Mohammedaner, auch Mauren genannt, im Jahre 711 die Meerenge von Gibraltar überquerten und innerhalb von zehn Jahren die Iberische Halbinsel erobert hatten, später die Pyrenäen überwanden und nach Gallien vordrangen, sah es aus, als würde ganz Europa von diesen Mauren überrannt.

Die moslemische Kavallerie bestand aus leichten Männern, die auf leichten, nur etwa 145 Zentimeter großen, lebhaften Pferden ritten, die hauptsächlich in Nordafrika gezogen wurden.

Ihr Sitz im Sattel war so gelagert, dass in puncto Schwerpunkt und Gleichgewicht die Bewegungsfreiheit des Pferdes kaum eingeschränkt war. Der Bogenschütze und der Schwertkämpfer konnten ihre Waffen optimal einsetzen. Bei einem Kampf mit stark gepanzerten Kriegern auf schweren ebenfalls gepanzerten Pferden bleibt diese leichte Kavallerie jedoch chancenlos.

Den Franken aber, die als letztes Bollwerk gegen die heranstürmenden Araber galten, fehlte es an Pferden, um sich den arabischen Reitern zu stellen. Fußtruppen waren den fanatisierten, berittenen Glaubenskämpfern immer unterlegen.

Viele Gestüte waren in den Jahrhunderten der Völkerwanderung zu Grunde gegangen. Die Pferde waren in großer Zahl verwildert. Es herrschte ein riesiger Mangel an Kriegspferden. Die Aussicht auf eine siegreiche Schlacht war gleich Null. Das fränkische Heer musste neu organisiert werden. Und das geschah unter dem Hausmeier des fränkischen Königs, Karl Martell. Der Großvater Karls des

Großen rüstete ein Heer mit stark gepanzerten Männern auf schweren ebenfalls eisengeschützten Pferden. Dem furchtbaren Angriff der gepanzerten Franken, die mit vorgestreckten Beinen fest im Sattel saßen, war die maurische Reiterei nicht gewachsen und so gab es einen klaren Sieg der Franken zwischen Tours und Poitiers, dank der schweren Pferde und deren Reitern in ihrer Ritterrüstung. Jedoch waren diese schweren fränkischen Pferde nicht schnell genug, um den geschlagenen Feind zu verfolgen.

Auf der Iberischen Halbinsel kreuzte man die arabischen Pferde mit einheimischen Rassen, und hier entstand ein Pferdetyp, der Spanien zur bedeutendsten Pferdezuchtregion Europas für viele Jahrhunderte machen sollte.

Spanische Pferde wurden Symbol für Reichtum und Luxus. Die edlen Tiere wurden in alle Länder Europas exportiert. Karl Martell belohnte seine Ritter nicht nur mit Grundbesitz, wobei er ein System einführte, das zum beherrschenden Faktor des gesellschaftlichen und politischen Lebens im Mittelalter wurde, nämlich das Lehnswesen; er erkannte auch, wie wichtig es war, Pferde zu züchten, die das schwere Gewicht der Ritter samt Rüstung und Waffen tragen konnten.

Aber auch Mut und Ausdauer verlangten die Ritter von ihrem Reittier. Pferde sind ängstliche Fluchttiere und von Geburt her keine heldenhaften Geschöpfe. Daher muss der Mensch, ihr Herr und Gebieter, Mittel finden, ihnen die Angst auszutreiben und sie mutig oder sogar aggressiv zu machen.

Am Hofe des in Sizilien residierenden Kaisers Friedrich II., unter anderem bekannt als Herausgeber eines Buches über die Jagd mit Greifvögeln, entstand ein fast ebenso bekanntes Buch, das sich mit der Ausbildung von Pferden befasste. Als dessen Verfasser gilt der Oberstallmeister des Kaisers, Jordanus Ruffus. Dieser war damals schon der Ansicht, dass man Pferden diesen Mut nicht mit Gewalt einbläuen kann. Das Wichtigste, so der Stallmeister, sei es, den Tieren Vertrauen zu vermitteln und ihnen verständlich zu machen, dass man einer gefährlichen Situation auch begegnen kann, ohne dabei sofort die Flucht zu ergreifen.

Dazu ist natürlich ein unbedingtes Vertrauen des Pferdes zu seinem Reiter vonnöten. Immer nachsichtigen und milden Umgang, das Berühren an allen Körperteilen, besonders den Gliedmaßen und das besonders bei Jungtieren, waren die grundlegenden Forderungen dieses frühen Monty Roberts.

Bevor Ruffus dem jungen Pferd zum ersten Mal die eiserne Trense ins Maul legte, rieb er diese mit Honig ein. Beim nächsten Einlegen der besonders für Jungtiere so lästigen Stange im Maul hatte er keinerlei Schwierigkeiten, denn Pferde haben bekanntlich ein gutes Gedächtnis. Ein Pferd, das sich im Schlachtgetümmel bewähren soll, muss langsam an ungewohnte Geräusche, Geschrei und erschreckende Szenen gewöhnt werden, damit es im Ernstfall nicht in Panik gerät, so Jordanus Ruffus.

Sein Buch, das mehrere Auflagen bekam und in viele Sprachen und Dialekte übersetzt wurde, gilt heute noch z.B. in der Veterinärmedizin, aber auch in der Pferdeaufzucht als wissenschaftlich wichtiges Werk.

Zwischen dem 13. und 15. Jahrhundert wurden die Kriegspferde größer, klobiger und in den Schlachten mit einem Eisenpanzer umgeben. Dieser Schutz wurde notwendig, um sich vor dem Pfeilhagel der Langbogenschützen, die sich zu einer immer gefährlicheren Angriffswaffe entwickelt hatten, zu schützen. Ohne Plattenrüstung wären Ritter und ihre Pferde diesen Fußtruppen völlig ausgeliefert gewesen.

Die schwersten Rüstungen erlebte das fünfzehnte Jahrhundert, jetzt hatten die Pferde ein Gewicht von mindestens 190 Kilogramm (fast vier Zentner) zu tragen. Um diese schweren Pferde mit dieser Traglast in Trab zu setzen, waren lange scharfe Sporen erforderlich, mit denen dann auch die empfindlichen Flanken traktiert wurden.

Diese massigen Tiere mit ihrem ruhigen Temperament wurden dann auch die schweren Zugpferde der Renaissance und zogen

Fuhrwerke und Kutschen über schlechte Straßen und morastige Feld- und Waldwege.

Der Enkel Karl Martells, nämlich kein geringerer als Karl der Große (768-814), hatte den christlichen Ritter zum Symbol für Recht und Ordnung gemacht, der die höchsten Ideale jener Zeit verkörpern und zum Sinnbild für den Sieg des Guten über das Böse werden sollte. Zu erwähnen ist noch, dass der Steigbügel Anfang des achten Jahrhunderts und die eisernen Sporen gegen Ende dieses Jahrhunderts erfunden wurden.

Übrigens sind bei den Arabern schmerzhafte Kandaren, scharfe Sporen oder grausame Peitschen bis heute unbekannt und überflüssig gewesen.

In Europa machten diese Erfindungen, sowie Verbesserungen am Sattel das Pferd schlechthin zum Kriegs- und Jagdtier, zum Attribut des freien Mannes, Adeligen und Kriegers. Pferde, deren Aussehen sich über die Jahrhunderte des Mittelalters ständig veränderten, waren der Stolz ihrer Besitzer. Ein Statussymbol wie heute etwa ein teurer Luxuswagen. Das Ritterpferd soll etwa achthundertmal teurer als ein Arbeitspferd des Bauern gewesen sein. Mächtige Herren im frühen Mittelalter ließen sich oft zusammen mit ihrem Pferd bestatten. Das edle Tier sollte im Jenseits den hohen Rang seines Herrn bezeugen. Auch unter die Fundamente oder in die Mauern der Burg- und Festungsanlagen wurden wertvolle Pferde bestattet, bzw. eingemauert. Ausgrabungen solcher mittelalterlichen Anlagen haben immer wieder Pferdeskelette zu Tage gebracht. Sicherlich sollten hier überirdische Mächte gnädig gestimmt werden. Ob diese Tier lebendig begraben oder eingemauert wurden, wie das ja von Hunden und Katzen, z.B. auch beim Deichbau bekannt ist, entzieht sich meiner Kenntnis.

Um ein Ritterpferd zu unterhalten, waren zwölf, meist hörige Bauern, notwendig. Hoch thronte der Ritter auf seinem stolzen Ross über den armen an seine Scholle gebundenen Bauern, der nicht in der Lage war, sich so einen ritterlichen Gaul in seinen Stall zu stellen.

Es war meist der starke, geduldige und genügsame Ochse, der für den Bauern die Arbeit in der Landwirtschaft und im Wald bewältigte. In knapp zwei Jahrhunderten (im 11. und 12.) hat dieses Tier viele Millionen Hektar Sumpfgebiet, Moor und Wald in unsere heutige Kulturlandschaft verwandelt, also lange bevor die Pferde den Pflug durch den Acker zogen. Sogar am Kriegshandwerk hatten diese ungeschlechtlichen Tiere ihren Anteil, obwohl sie nie das hohe Prestige der Pferde genossen. Die meisten Transporte für die Armeen, ganze Belagerungstürme, Kanonen, die aber mehr Steinschleuder waren und andere Kriegsmaschinen wurden von diesen Tieren in Stellung gebracht.

Die Kreuzzüge, 1095 von Papst Urban II. ins Leben gerufen, um die Ungläubigen aus dem Heiligen Land zu vertreiben und die für alle europäischen christlichen Ritter zur Pflicht wurden, waren neben großen Strapazen für Pferd und Reiter aber auch ein Zeitvertreib für den Adel, der hier zeigen konnte, wozu er imstande war, auch wenn dieses, wie wir heute wissen, unchristliches Abenteuer nach anfänglichen Erfolgen den Endsieg nicht brachte.

Als sie beendet waren, boten die aus blutigen Scharmützeln zwischen gleich starken Ritterhorden hervorgegangenen Turniere eine echte Alternative. Sie entwickelten sich zu Einzelkämpfen, die nach strengen Regeln ausgetragen wurden. Es ging sowohl um Profit als auch um Ehre. Eine große Rolle hierbei spielte aber auch die höfische Liebe, die so genannte Minne. Die Ritter kämpften um die Ehre verheirateter Damen.

Von den Turnierpferden verlangte man Schnelligkeit, Wendigkeit und absoluten Gehorsam. Nur die Stoßkraft schwerer Rosse und ein sattelfester Reiter zählten etwas in solchen Turnieren, die oft blutig oder auch tödlich enden konnten.

Im Laufe der Zeit sanken diese Turniere zu gemeinen Prügeleien herab. Immer mehr zielte man auf die Wirkung bei den Zuschauern als auf die Pflege ritterlichen Anstandes. Auch wenn es verboten war, nach dem Pferde zu stechen, hatten doch die armen Rosse am meisten zu leiden.

In England galten Ritterturniere als ernsthaftes Training für den Krieg. Manche Ritter zogen, wie heute z.b. die Springreiter, von Turnier zu Turnier. Hatte der Gegner eine Niederlage erlitten, gehörten dem Sieger Pferd und Rüstung des Unterlegenen. Davon konnten dann oft siegreiche professionelle Turnierteilnehmer gut leben.

Fast bis zu den Zeiten, in denen die Kriegsteilnehmer zu Gunsten der Motorisierung auf die Pferde verzichteten, hielt man an den schweren Pferden fest. Jede Änderung wurde abgelehnt. Rüstungen und Bewaffnung wurden eher schwerer. Die Kaltblüter für den Kriegseinsatz wuchsen hauptsächlich in den grasreichen und feuchten Tiefebenen Norddeutschlands, Frieslands, Dänemarks, Flanderns und Westfalens auf. Hier fanden die großen Tiere genügend Futter. Mit ihren Artgenossen aus Frankreich und England fanden sie eine große Verwendung in der Landwirtschaft, besonderes dort, wo schwere Böden zu bearbeiten waren.

1314 besiegte der schottische König Robert I. das berittene Heer des englischen Königs Edward II. mit seinen Fußtruppen deshalb, weil die schweren englischen Pferde mit ihrer großen Last im sumpfigen Morast versanken und somit kampfunfähig von schottischen Fußsoldaten samt ihren Reitern mühelos nieder gemacht wurden. Ehe die englischen Bogenschützen in Stellung gehen konnten, wurden sie von der leichten schottischen Kavallerie angegriffen und in die Flucht geschlagen. Nach dieser Niederlage stellten sich die Engländer ebenfalls auf eine leichte schnelle Kavallerie um, während sich die Franzosen weiterhin auf ihre großen schweren Pferde und prächtig gerüsteten Ritter verließen, die dem Feind mit einer einzigen, die Erde erschütternden Attacke den Todesstoß versetzen sollten.

Doch immer mehr wurde der englische Langbogen zur wirksamsten Waffe des Mittelalters. Seine Pfeile konnten ganze Reiterheere in Panik versetzen. Man versuchte sich vor den todbringenden Pfeilen zu schützen, indem man die Kettenhemden durch Platten-panzer austauschte. Doch dies hatte nur Sinn, wenn auch das Pferd bogensicher geschützt wurde. Immer mehr, meist durch Nie-derlagen klug geworden, wurden die schwerfälligen Reiter und Pferde durch die leichte Kavallerie ersetzt, und nach der Erfindung des Schießpulvers verschwand der Ritter mehr und mehr von den Schlachtfeldern der Erde.

Damit wurde auch das Turnier als Training für den Krieg über-flüssig und verschwand. An dessen Stelle trat die Schulreiterei mit Musikbegleitung.

Die Beliebtheit des Pferdes blieb erhalten bis in die heutige Zeit, wenn auch die Nutzung dieses edelsten und nützlichsten Tieres, ohne das es keine Ritter gegeben hätte und ohne das die gesam-te Adelskultur des Mittelalters nicht denkbar gewesen wäre, eine andere wurde.

Was Pferde leisten können

Wir haben gehört, was Zugpferde leisteten und auch heute noch schaffen in manchen Ländern der Erde, was Pferde in den Kriegen bewältigten und erduldeten, nicht nur im Schlachtgetümmel an vorderster Front, sondern auch bei der Bewältigung von riesigen Entfernungen. Wer einmal mit dem Auto oder der Bahn von Paris nach Moskau gefahren ist, sollte einmal darüber nachdenken, dass diese Strecke die napoleonische Reiterei und der Kaiser selbst zu Pferde hin und zurück geschafft haben. Zumindest die, die den Russlandfeldzug überlebten.

Wenn man sich die ungeheuren Weiten Asiens oder Nordame-rikas vor Augen führt, die die Hunnen, Mongolen oder die Western-reiter und Siedler auf dem Pferderücken oder dem Bock eines Planwagens zurücklegten, dann kann man sich ein Bild davon ma-chen, was so ein Vierbeiner imstande ist, zu leisten.

Der berühmte finnische Marschall Mannerheim, der, bevor er Staatspräsident Finnlands und finnischer General war, in militärischen Diensten des russischen Zaren stand, hat als russischer Offizier zwischen 1906 und 1908 in dienstlichem Auftrag zwei Jahre lang einen 14.000 Kilometer-Ritt durch Zentralasien von Russisch-Turkestan über Tibet bis Sinkiang unternommen. Da benutzte er immer das gleiche Pferd. Sein Reisetagebuch, das im Februar 1940 erschien, als Mannerheim die finnische Armee im Winterkrieg gegen die Sowjetunion befehligte, gehört zu den letzten denkwürdigen Reiseberichten des frühen 20. Jahrhunderts vor Beginn des Zeitalters der Flugzeuge und der Landrover.

Niemals, so Mannerheim, hätte sein Pferd ihn im Stich gelassen. Aber es gibt auch heute noch Marathonreiter, die über Monate oder auch Jahre Kontinente auf dem Pferderücken überqueren. In den Zwanziger Jahren ritt ein Amerikaner von Buenos Aires nach Washington. Er benötigte 2 1/2 Jahre.

Im 19. Jahrhundert war ein Viehtrieb in den Vereinigten Staaten ein etwa 1.600 km langes „Vergnügen". Die Strecke musste logischerweise auch wieder zurückgeritten werden. Ein Stoff für viele Wildwestfilme. Der längste Viehtrieb soll sich 1866 ebenfalls in den USA abgespielt haben. Ein äußerst abenteuerlicher Treck mit unzähligen Schwierigkeiten, Viehdieben und Indianergefechten, der sich über 3.000 kam erstreckte. Von sechshundert Rindern kamen vierhundert am Ziel an. Hier war kaum Romantik von Lagerfeuern oder der Reiz der unendlichen Prärie, sondern härteste Arbeit für Pferde und Reiter bei schwersten Bedingungen in zum Teil wasserlosen Wüsten und permanenten Bedrohungen durch feindliche Indianer und Banditen.

Manchmal waren die Cowboys so müde, dass sie neben ihren Pferden herliefen, weil sie Angst hatten, im Sattel einzuschlafen und dann vom Pferd zu fallen. Ein Teilnehmer sagte einmal: „Wir alle schliefen, während wir gingen." Der Job war so aufreibend, dass man ihn nur in jungen Jahren ausführen konnte. Nach zehn bis fünfzehn Jahren machte sich das entbehrungsreiche Leben, das dauernde Schlafen auf hartem, kaltem Boden, bei jeder Witterung ohne ein Dach über'm Kopf, körperlich so bemerkbar, dass das Cowboyleben aufgegeben werden musste. Cowboys hatten immer fröhlich zu sein, auch wenn sie krank und erschöpft waren. Nie sich beklagen, immer tapfer, notfalls das Leben für die Herde opfern und allen Menschen in der Not helfen, so lautete die Maxime an diese Männer. Jeder Cowboy hatte etwa sechs Pferde bei sich; mit jedem Pferd musste er umgehen können, und auf keinen Fall durfte er eines seiner Pferde misshandeln. Es gab Farmen mit hunderttausenden Rindern und bis zu zehntausend Pferden. Die Pferde stammten oft von den wilden Mustangs ab, waren nicht allzu groß, drahtig und zäh, oft aber wild und bockig.

1886 sollen bei einem lang anhaltenden Schneesturm und bei grimmiger Kälte in South Dakota die Cowboys auf ihren Sätteln festgefroren sein. Tausende Rinder gingen ein. Gemeinsam mit ihren Pferden teilten die Viehtreiber die Entbehrungen. Ein Cowboy, so sagte man, gibt seinem Pferd eher den letzten Schluck aus der Wasserflasche als dieses durstig zu sehen.

Ein Schweizer namens Tschiffely, ein guter Pferdekenner und erfahrener Weltenbummler, startete 1925 im Alter von dreißig Jahren einen Ritt mit zwei intelligenten, kräftigen und feurigen Criollo-Pferden vom äußersten Süden Amerikas in Richtung Norden. Nach zweieinhalb Jahren und einem Ritt von 16.000 Kilometern kam er in New York an. Die nur teilweise gezähmten fünfzehn und sechzehn Jahre alten Pferde hießen Mancha und Gato. Luzerne, Weizen und Hafer, sonst ein Lieblingsfraß der Pferde, verschmähten sie und fraßen stattdessen das harte Stroh, das man in ihre Boxen gestreut hatte.

Mancha, ein Schecke, verhielt sich wie ein wachsamer Hund. Wenn Fremde sich näherten, hob er einen Vorderfuß als Warnung, legte die Ohren an und streckte seinen Hals weit nach vorn. Nur von Tschiffely ließ er sich satteln und reiten, und wenn er etwas von ihm wollte, rieb er seinen Kopf an ihm oder zwickte ihn vorsichtig an seinem Körper.

Gato war ein Falbe, ein bereitwilliges Tier, das mit Mancha eng befreundet war, aber von diesem dominiert wurde.

Diesen Ritt hätten nur wenige Pferde bewältigt. Wüsten und tropische Regenwälder mussten durchquert, riesige Gebirge mit lebensgefährlichen Bergpfaden erklommen und wieder heruntergeklettert werden. Mörderische Hitze mit blutsaugenden Fledermäusen und Insekten, sowie schneidende Kälte und eine kärgliche Ernährung, oft ohne Wasser mit äußerst schwierigen Situationen, alles Strapazen, die sicherlich jedem anderen zum Verhängnis geworden wären.

Eine höchst gefährliche Rutschpartie an einem steilen Abhang hätte für Gato beinahe den Tod bedeutet, wenn er nicht an einem Baum hängen geblieben wäre. Mit mehreren herbeigerufenen Helfern und einem Seil konnte er gerettet werden. Als sich dasselbe Pferd einmal weigerte, auch nur noch einen Schritt weiter zugehen, trotz Einsatz von Sporen, stellte sich heraus, dass man vor einem tückischen Schlammloch stand.

Oft waren es reißende Flüsse oder hundert Meter lange, manchmal baufällige und schwankende Hängebrücken, die den ganzen Mut von Mensch und Tier erforderten. Schwankte eine solche Brücke zu sehr, meist wenn sie sich mitten auf ihr befanden, blieb Mancha von sich aus so lange stehen, bis die Schaukelei vorbei war. Hätte hier jemand die Nerven verloren, wäre alles vorbei gewesen. In Ecuador begegneten den Dreien Packtiere, die sich durch einen schlammigen Brei kämpften. Wie der Schweizer später berichtete, so habe er noch nie so schmutzige Packtiere zu Gesicht bekommen, ihre Leiden seien mit Worten nicht zu beschreiben gewesen, seine Vorstellung von der Hölle sei das Leben eines Packpferdes in den Anden. Die beiden wenig domestizierten Pferde hingen sehr an ihrem Herrn, rochen Raubtiere schon in sehr weiter Entfernung und schrien erbärmlich, wenn Tschiffely sie zu weit von seiner Schlafstelle angebunden hatte. Er sprach viel mit den Tieren, und er meinte, dass sie ihn verstanden. Bei dem Wort „Wasser" gingen sie zügiger, und wenn er „Puma" sagte, zogen sie witternd die Luft ein und wurden nervös.

Das Bedürfnis nach menschlicher Begleitung habe er nie gehabt, so der Schweizer, die Gesellschaft eines Pferdes sei so etwas Wunderbares, dass man den Menschen vergessen könne. Nachdem die Reise in New York und später in Washington beendet wurde, gab es einen Empfang beim amerikanischen Präsidenten. Mit einem Schiff reisten die inzwischen berühmt gewordenen Pferde und ihr Reiter kostenlos nach Buenos Aires zurück, erster Klasse, versteht sich.

In Argentinien gab Tschiffely beiden Pferden die Freiheit zurück, und sie galoppierten in die weiten Ebenen des Landes, als sei nichts gewesen. Beide Pferde wurden über dreißig Jahre alt.

Sechs Monate und über 4.000 Kilometer ritt die Engländerin Barbara Whittome im Jahre 1995 auf russischen Kosakenponys durch die russische Steppe. Vier Ponys hatte sie für wenige Dollars in Russland gekauft. Von einem der etwa 150 Zentimeter großen Tiere musste sie sich trennen, da sie ihm das Beißen und Ausschlagen nicht abgewöhnen konnte. Zu Beginn dieses Rittes ließ sie sich von einigen Kosaken, denen man nachsagt, sie seien die geborenen Reiter, begleiten. Als diese aber zu sehr über ihre wundgerittenen Körperstellen und das zu forsche Tempo klagten, schickte die Engländerin sie zurück und verließ sich auf ihren Kompass. Später wurde sie von ihrer Tochter und Freundin begleitet. Einmal wurden sie von russischen Schlägern auf Motorrädern überfallen, doch die drei Frauen konnten die jugendlichen Banditen in die Flucht schlagen. Im Übrigen waren die Russen nicht nur begeistert, dass diese Frauen überhaupt so ein Vorhaben durchführten, sondern auch zu jeder Zeit freundlich und hilfsbereit. Extreme Hitze und klirrende Kälte, aber auch herrliche sternklare Nächte, die riesigen Birkenwälder, die Schönheit der Dämmerung, vor allem aber ein grenzenloses Freiheitsgefühl und das Leben mit den Pferden, all das waren Erlebnisse, die man so schnell nicht vergessen kann. „Man reitet einfach wohin man will", sagte Frau Whittome später. Auch hätte sie im weiten Russland oft an den Mönch Johannes de Pian del Carpine gedacht, der im Jahre 1245 mit dreiundsechzig Jahren von Lyon in Frankreich zum Baikalsee und zurück ritt.

Papst Innozenz IV. hatte ihn auf die sechzehntausend Kilometer lange diplomatische Mission geschickt, um mit Dschingis Khan zu verhandeln.

Dutzende solcher Langstreckenreiter hat es gegeben, angetrieben durch Pflicht, Ruhm, Abenteuerlust, Wagemut oder auch Wetten. Tausende von Kilometern durch Prärien, Wüsten, riesige Gebirge, Urwälder, Flüsse und Gebiete, in denen wilde Tiere, giftige Schlangen, stechende Insekten und feindlich gesinnte Menschen den Reitern zu schaffen machten. Glühende Hitze, eisige Kälte und tagelanger Regen machten Mensch und Tier oft das Leben schwer. Schlaf, Nahrung und Wasser waren häufig Mangelware, und viele brave Pferde wurden zu Tode geritten.

Berühmt wurden auch die Pony Expressreiter in Nordamerika, die tausende von Kilometern durch das Land galoppierten, um Post oder Botschaften an den Mann zu bringen. Auch wenn die Pferde nach einer bestimmten Strecke gewechselt wurden, hatten sie doch gewaltige Strapazen bei wenig Rücksicht ihrer Reiter zu erdulden.

Im 18. Jahrhundert soll ein englischer Wanderprediger in den Vereinigten Staaten 460.000 Kilometer im Laufe seines Lebens auf dem Pferderücken zurückgelegt haben.

1996 ritt ein so genannter „christlicher Cowboy" 6.700 Kilometer von Fairbanks in Alaska nach El Paso in Texas, um Geld für ein Projekt seiner Kirchengemeinde auf den Philippinen zu sammeln. Sein Reittier war ein weißer Araberwallach, der den Namen „General" trug.

Ein etwa 100 Kilo schwerer Kavallerist aus England, namens Burnaby, kaufte 1877 für fünf Pfund in Kasala einen kleinen schwächlich aussehenden Rappen, um auf diesem in die alte Stadt

Chiwa in der heutigen Republik Usbekistan zu reiten. Die beiden mussten durch ein menschenfeindliches Terrain, ein riesiges Gebiet, in dem man fast nur Schnee und Salz erblicken konnte. Neben seinem schweren Reiter war das kleine Tier noch mit 30 Kilo Gepäck beladen. Als sich das gesamte Gewicht auf den schmalen Rücken senkte, soll das Tier, dem man alle Rippen zählen konnte, laut geächzt haben. Man hatte dem Engländer prophezeit, das Pferd würde bald unter der Last zusammenbrechen. Nach 500 Kilometern und vierzehn Tagen war es nur noch eine elende Schindmähre, aber nur äußerlich, seine Lebenskraft war noch frisch wie am Anfang der Reise. Burnaby wurde vom Khan empfangen, und nach neun Ruhetagen ging es zurück durch metertiefen Schnee und rasiermesserscharfen Wind, der schlimmer als der in der Arktis gewesen sein soll. Sechzig Kilometer war die Tagesleistung, und die letzten dreißig Kilometer wurden sogar im Galopp zurückgelegt. Fünf Pfund hatte der Rappe gekostet, für drei Pfund verkaufte ihn Burnaby wieder.

Planwagenfahrten in den USA

Die Planwagenfahrten quer durch die Vereinigten Staaten mit all ihren Strapazen und Gefahren, dargestellt oft in Hollywood-Filmen, gehören ebenfalls zu den Marathontouren wie die Rekordritte, und auch sie wurden vielfach für Mensch und Tier zur Hölle.

Der Blutzoll bei Pferden, aber auch bei Menschen, soll fürchterlich hoch gewesen sein. Selbst wenn man die zugrunde gegangenen großen und schönen Pferde durch die ungezähmten und zähen Präriepferde ersetzte, wurden auch diese oft fußlahm und mussten erschossen werden.

Als die Vereinigten Staaten von Amerika 1976 ihr zweihundertjähriges Bestehen feierten, wurde ein großes Rennen in Sacramento gestartet; das Ziel war New York. Hundert Teilnehmer, von denen jeder ein Wechselpferd mitnehmen durfte, machten sich Ende Mai in Kalifornien auf den Weg und kamen im September in New York an. Sieger wurde ein Reiter namens Norton – auf einem Maultier.

Das Pferd in Südamerika

Obwohl Südamerika fast alle Errungenschaften der Technik sich zu Eigen gemacht hat, besitzt heute noch das Pferd für die unermesslichen Weiten, trotz Eisenbahn, Auto und Flugzeug, eine große Bedeutung. Gerade der einfache Mann aus dem Volke legt Wert auf ein gepflegtes Pferd. Ohne ein Pferd kann auch in unseren Tagen kaum ein Kaufmann, Techniker oder Forschungsreisender das Innere der südamerikanischen Länder kennen lernen. Dort, wo das Auto nicht mehr weiter kann, in den Anden, in den Weiten des kolumbianischen Ostens, auf den Llanos von Venezuela und in den Pampas Argentiniens spielen Pferd oder Maultier noch eine wichtige Rolle.

Sobald ein Kind gehen gelernt hat, wird es auf's Pferd gesetzt; es gibt in den Kordillerenstaaten kaum einen Menschen, der nicht ein Pferd satteln kann und es zu reiten versteht.

Für die Hazienda, die manchmal einen Flächenraum von vierhundert Quadratkilometer und mehr einnimmt, sind Reittiere nicht nur für den Besitzer oder Verwalter eine Selbstverständlichkeit, sondern auch für alle Angestellten. Der Indianerbursche, der in einer Viehhazienda aufwächst, sitzt bereits mit sechs Jahren auf dem Rücken eines Reittiers, meist ohne Sattel; nur mit Hemd und Hose bekleidet holt er die Tiere von der Weide und lernt besser reiten als mancher Sportreiter.

Für die steinigen und meist steilen Saumpfade im Hochgebirge, für schwere Lasten, die oft hunderte von Kilometern geschleppt werden müssen, verwendet man eher Maultiere. Die Zähigkeit dieser Kreuzung zwischen Esel und Pferd ist ebenso erstaunlich wie die Ruhe und der sichere Tritt dieser Tiere. Nicht zu verschweigen ist aber auch der störrische Charakter und Eigensinn dieser Tiere. Das verlangt nicht nur einen geübten Reiter, sondern auch die Kenntnis aller seiner schlechten Eigenschaften, Tücken und manchmal boshaften Launen.

Nur hervorragend gute, eigens für diesen Zweck gezüchtete Pferde, eignen sich ebenfalls für die Bergbesteigungen und die Überquerung der Anden.

Der Pferdebesitzer in Ecuador z.B. verlangt von seinem Pferd keine große Schnelligkeit, auch die Gelehrigkeit ist ohne Bedeutung; er schätzt vor allem Mut, leichtes Vorwärtsstürmen und Widerstand gegen Hunger und Durst bei seinem Reittier. Ein Pferd, das mit einem gewichtigen Mann 100 km am Tag zurücklegt, ist ein gutes Pferd, eines, das 130 km mit derselben Last schafft, ist besser. Wenn es zwei oder drei Tage lang die gleiche Leistung wiederholen kann, ist es vorzüglich, ob es nun an dicken Knöcheln leidet, schielt oder störrisch wie ein Maulesel ist.

Abstammen tun sie fast alle von den Arabern, welche die Konquistadoren vor einigen hundert Jahren nach Südamerika brachten.

Für lange Reisen sind Passpferde in den südamerikanischen Staaten unentbehrlich; sie tragen den Reiter so weich, dass er nach zwölfstündigem Ritt kaum Ermüdung spürt.

Die Pferde der Gauchos

Kaum ein Reiter hat eine solche Fertigkeit im Reiten wie der argentinische Gaucho.

In den Adern der meisten Gauchos fließt Indianerblut, und manche sind reine Indianer. Das ist erstaunlich, da die Indianer Patagoniens vor der Entdeckung und Erschließung des amerikanischen Kontinents das Pferd nicht kannten, obwohl es dort einmal gelebt hatte, aber schon seit Urzeiten ausgestorben war.

Vielleicht ist der Grund für die reiterliche Gewandtheit des heutigen Gaucho doch im Blute der Spanier zu suchen, so hat man angenommen, aber die besten Reiter sind nicht die Mischlinge, sondern die reinen Indianer.

Auch im Zähmen der Pferde sind diese unübertroffen. Sie waren eben vortrefflich dafür geeignet, auch wenn ihre Vorfahren dieses Tier nicht kannten. Vielleicht ist es das engere und ursprünglichere Verhältnis zur Natur, ihr größeres seelisches Gleichgewicht, ihre ruhigere Art, mit den Tieren umzugehen, der Grund, warum die Eingeborenen besser zähmen und reiten können.

Gegen Ende seines ersten Lebensjahres bekommt das patagonische Pferd seinen ersten Eindruck vom Menschen.

Von berittenen Gauchos wird die ganze halbwilde Herde eines Tages in einem Corral getrieben, die Hengstfohlen werden heraussortiert, womit das freie Leben in den einsamen Weidegründen beendet ist.

Während das europäische Pferd seinen Stall liebt und den Menschen kennt, wenn es ihn auch meist nicht übermäßig schätzt, fürchtet das halbwild aufgewachsene patagonische Pferd den Menschen wie den leibhaftigen Teufel. In einem Corral fühlt es sich ebenso unbehaglich wie ein Vegetarier im Fleischerladen.

Zuerst wird dem Hengstfohlen mit einem glühenden Eisen eine Marke auf die Hinterhand gebrannt. Hierfür wird es mit dem Lasso eingefangen und brutal auf den Boden geworfen. Dies bleibt genau so in seinem Gedächtnis haften, wie die ein Jahr spätere Kastration, wenn der junge Hengst mit einem großen Messer in einen Wallach verwandelt wird. Danach lebt er ein paar Jahre wieder in Freiheit und bekommt kaum einen Menschen zu sehen. Dann wird die Herde wieder in einen Corral getrieben, die jungen Wallache wieder mit dem Lasso eingefangen, die Vorderbeine mit einem Strick zusammengebunden und die Pferde wieder hingeworfen. Danach werden Halfter angelegt und die Tiere an Pfähle gebunden. Sie sollen sich an das Angebundensein gewöhnen. Dies gibt manchen Pferden Anlass zum wilden Toben. Diejenigen, die das nicht tun, werden mit lebhaften Schwenken von Hüten oder Schals dazu gebracht. Sie sollen sich an die Halfter gewöhnen. Häufig sieht man drei bis fünf dieser Tiere um jeden Pferdepfahl auf der Hinterhand sitzen und mit entsetzten Stielaugen diesen Pfahl anstarren, dann plötzlich, vom Entsetzen gepackt, im panischen Entsetzen herumspringen, bis man sie in der aufgewirbelten Staubwolke kaum noch sehen kann. Dabei kommt es oft zu Genickbrüchen, was aber nicht als allzu tragisch empfunden wird. Am nächsten Morgen werden sie dann zum „ersten Galopp" gesattelt, was sicherlich ein kleines Kunststück bedeutet und für den Gaucho sehr gefährlich ist. Es dauert etwa eine halbe Stunde. Macht der arme Gaul beim Satteln zu viel Umstände, wirft man ihn um und sattelt ihn ihm Liegen. Nun kommt der dramatischste Moment, nämlich das Aufsitzen. Ein anderer Gaucho auf einem zahmen Pferd reitet Seite an Seite mit dem halbwilden, das nun mit dem gezähmten ausreist. Wäre es allein, würde es sich hinwerfen und wälzen. Gelingt es dem Gaucho, sich im Sattel zu halten, ist er der „König" der Pampa, frenetisch wird er von seinen Kameraden gefeiert.

Durch zahlreiche Filme, Bücher und Fernsehserien ist uns der amerikanische Cowboy im Laufe der Jahrzehnte bekannt und unsterblich gemacht worden. Für viele Generationen verkörpert er den romantischen Helden, teilweise Mythos, teilweise Realität. Der Gaucho dagegen, auf der anderen Erdseite, ist uns sehr fremd. Über ihn ist kaum etwas geschrieben worden, auch Bilder und Filmaufnahmen sind sehr selten. In ihrer Ausstattung und ihrem Erscheinen erinnern sie mehr an Freibeuter als an Rinderzüchter.

Der Charakter der patagonischen Pferde wird bestimmt aus Furcht, Misstrauen und Hass, ein Produkt der Erziehung und Behandlung.

Der Gaucho, ob indianischer oder spanischer Abstammung, sieht im Tier nichts Persönliches, in seiner Seele nichts Individuelles. Ein Pferd ist für ihn eine gewöhnliche und gefühllose Sache. Der Europäer freut sich über das hohe Maß von Zutrauen, Bereitwilligkeit, Temperament und guten Charakter, über all das, das der

Mensch diesem scheuen und unbändigen Steppentier im Laufe der Jahrtausende durch die Domestikation beigebracht hat, der Gaucho hat für so etwas kein Empfinden. Was ihm Vergnügen bereitet, ist das primitive Gefühl des tollen Drauflosjagens und das Empfinden, hier ein halbwildes Tier mit allen Mitteln unter seinen Willen gebeugt zu haben.

Das Reiten der Gauchos kann man nur als roh bezeichnen, sowohl im moralischen als auch im technischen Sinne. Bedingt durch den schweren Fellsattel gibt es keine feinere Fühlung der Schenkel mit dem Pferdeleib. Die Sättel sind äußerst komfortabel, man sitzt fast wie in einem Sessel. Bei langen Ritten sind sie ideal für das Gesäß. Oft trägt er vor dem Sattel ein ledernes Schutzschild aus Kuhhäuten, das an einem hölzernen Sattelbogen befestigt ist. Es schützt den Reiter vor Kakteen, stacheligem Dickicht und dornigen Sträuchern. Der Gaucho reitet in der Balance, immer im schnellsten Tempo, oft barfuß, wobei die Sporen dann mit einem Ledergurt über dem Fuß befestigt werden. Man reitet mit und ohne Steigbügel, auch die Kluft ist verschieden und richtet sich nach den einzelnen Regionen.

Die Fühlung mit dem Pferdemaul ist einseitig, der Reiter fühlt gar nichts, das Pferd umso mehr. Das Reitgebiss besteht aus einer Kandare mit sehr langen Hebelarmen. Der Patagonier nennt dieses Marterding Bremse, und als solche dient diese Kandare auch nur. Sporen, die oft die Größe einer Untertasse haben und eine schwere, grausame Reitpeitsche vervollständigen die Ausrüstung dieser tollkühnen Reiter.

Nicht zu vergessen ist das riesige Messer in den Hüfthaltern, das wiederum an einem riesigen Gürtel befestigt ist. Ein unverzichtbares Werkzeug, dessen Knauf oft aus Silber oder geflochtenem Leder besteht.

Für die Gauchos sind die patagonischen Pferde keine Sportkameraden, aber auch keine Transportmöglichkeiten. Fällt unterwegs eines um, lässt man es liegen und sattelt ein neues. Bemerkenswert sind Ausdauer und Genügsamkeit dieser kleinen, meist mageren und nicht sehr edel aussehenden Pferde. Ihre Farbenfülle scheint unerschöpflich zu sein, meist sind die mehrfarbig, gescheckt oder gesprenkelt. Namen, wie bei uns üblich, haben diese Tier nicht. Man nennt sie einfach auch Pingo. Pingo bedeutet Pferd. Statt Eigenname redet man sie mit dem Sammelbegriff „Pferd" an, so wie wir unsere Mitmenschen auch oft mit „Mann" oder „Mensch" zu benennen pflegen. Manchmal werden sie auch nach der Farbe des Fells benannt. Einen Fuchs nennt man beispielsweise Tostado, d.h. der Geröstete. Polizist wird ein Pferd vom Gaucho dann genannt, wenn es ein ungewöhnliches Maß von List, Tücke, Bosheit und Verschlagenheit besitzt.

Man findet es immer dort, wo die besten Futterstellen sind, und es versteht es vortrefflich, sich auf Kosten seiner Artgenossen vor jeglicher Arbeit zu drücken.

Wenn es arbeiten muss, ist es ein Meister der Vortäuschung von gewaltigem Kraftaufwand, während das Maß der wirklich geleisteten Arbeit nur ein Minimum darstellt.

Alle patagonischen Pferde haben Eigenarten, die für jemanden, der diese nicht kennt, zum schlimmsten Unfall werden können. Im günstigsten Fall kann sich der Reiter lächerlich machen. Es besteht ein uraltes ungeschriebenes Gesetz, das diesem erlaubt, den betreffenden Gaul zu erschießen.

Eigenarten haben auch die patagonischen Gauchos. Sie kauen Kakaoblätter und schieben diese dann gegen ihre Backe, bis sie einen guten Kautabak erhalten. Stundenlang saugen sie an diesem Saft, der ihnen Energie gibt und den Hunger stillt. Auch die Atmung in der Höhenluft verläuft besser. Überall in Argentinien, besonders aber bei den Gauchos, wird ein bitterer Tee, der aus getrockneten Kürbis gewonnen wird, getrunken. Das Trinken geschieht durch einen Halm aus Metall, und mehrmals am Tage macht man Matè-Pausen. Matè nämlich nennt der Argentinier diesen bitteren Tee, den er am liebsten in einer gemütlichen, freundschaftlichen Runde zu sich nimmt. Pferde, Gauchos, Rinder, Matè-Tee, all das gehört zusammen.

Pferdehaltung und Pferdezucht heute

Nachdem in der Landwirtschaft immer mehr Pferde durch Maschinen ersetzt wurden, schien es, als sei das Pferd nutzlos geworden, doch das war nicht der Fall. Pferde sind heute wieder sehr in Mode gekommen. Das Ross fand seinen Reiter, und so stieg die Pferdehaltung in den letzten Jahren rapide an. Der schwer arbeitende Ackergaul ist durch das elegante warmblütige Reitpferd ersetzt worden. Das schwere, kräftige und behäbige Kaltblut wich dem temperamentvollen, sensiblen Warmblut. Die Gestüte und Zuchtbetriebe stellten sich darauf ein, und auch die Ponyzucht floriert heute. Man braucht ein Pferd fürs Kind.

In den osteuropäischen Ländern stützt sich die Landwirtschaft nach wie vor auf das Pferd.

In den Jahren nach dem Zweiten Weltkrieg kam es in der Beziehung Mensch-Pferd in Westeuropa zu einem ganz neuen und außergewöhnlichen Phänomen. Bis dahin war die Pferdehaltung von Sport- und Reitpferden mehr oder weniger ein Privileg der Wohlhabenden und noch früher fast nur eines des Adels gewesen. Mit der Entwicklung zur Wohlstandsgesellschaft und den größeren Möglichkeiten der Freizeitgestaltung wurde die Pferdehaltung und das Reiten für breite Gesellschaftsschichten möglich. Nicht nur bei der Landbevölkerung war dies der Fall, sondern auch Bewohner der Stadt wurden Pferdebesitzer. Das Schwergewicht des Pferdesports wurden die Turniere, die man draußen oder in der Halle das ganze Jahr über abhalten kann. Die Zahl der Reitervereine nahm rapide zu, und der Großteil der Mitglieder besteht aus Menschen, die eine geregelte Arbeitszeit haben. Hausfrauen versorgen neben ihrer Familie auch noch ein Pferd. In Europa sind es vor allem die Engländer, Dänen, Holländer, Franzosen und die Deutschen, die am erfolgreichsten Warmblüter züchten. Pferde, die sich sowohl für das Springen, Rennen, Traben, als auch für die Dressur eignen.

Vollblüter wurden mit einheimischen Pferderassen gekreuzt, von denen manche ursprünglich leichte Zug- und Kutschpferde gewesen waren. Besonders bekannte Warmblutrassen in Deutschland sind die Hannoveraner, Trakehner und Holsteiner. Aber auch Dänen und Holländer züchten sehr gute Turnierpferde.

Englands Pferdezucht ist bekannt für ausgezeichnete Jagd- und Vielseitigkeitspferde, während die Franzosen, früher bekannt durch beste Kaltblutzuchten, heute immer mehr sehr leichte Pferde bevorzugen. Springen, Dressur und Vielseitigkeit sind Disziplinen der Olympischen Spiele.

Aber auch im immer mehr populär werdenden Fahrsport werden regelmäßig Europa- und Weltmeisterschaften ausgetragen. Ebenfalls wird Polo in vielen Teilen der Welt gespielt, genau wie der Rennsport, bei dem die teuersten Vollblut- Araber- und Anglo-Araberpferde im Einsatz sind. Hier werden horrende Summen für ein gutes Pferd gezahlt, die meist auch zigfach wieder von diesen Hochleistungspferden erlaufen werden. Aber auch gute Turnierpferde erzielen heute immense Preise. Dazu kommt die riesige Zahl der Hobbyreiter, die einfach nur das Glück dieser Erde auf dem Rücken eigener oder geliehener Pferde genießen und auf aufwendigen, manchmal auch gefährlichen und nicht von jedem gekonnten Pferdeleistungssport verzichten wollen.

Pferde als Therapeuten und Lebensretter

Das Pferd dient heute überwiegend seinem Partner Mensch als Sportkamerad, eben beim Sport und in der Freizeit. Eine ganz neue Idee, nämlich Therapie auf dem Pferderücken durchzuführen, kam Ende der Vierziger Jahre aus England und Norwegen nach einer Kinderlähmungsepidemie.

Therapeutisches Reiten, unterstützt von Physiotherapeuten und Ärzten, überwiegend auf Ponys, hat bis heute manch einem Behinderten eine wertvolle Hilfe gegeben. Es wirkt äußerst günstig auf das Allgemeinbefinden, die Psyche, und hat außerdem einen positiven Einfluss auf die Bewegungsfähigkeit und das Gleichgewicht. Der körperlich, aber auch geistig Behinderte erhält neuen Lebensmut und Ehrgeiz. Sowohl die ersten Schritte, die Neil Armstrong auf dem Mond tat, als auch die ersten, wenn auch unsicheren, Schritte in seinem Leben, die ein spastisch gelähmter Junge aus einer Behindertenreitgruppe von seinem Rollstuhl auf sein zu reitendes Pony machte, waren eine gewaltige Leistung. Diese Leistung war aber nur möglich, weil der Mensch eine fünftausend Jahre alte Verbindung mit dem Pferd hat. Pferde als Therapeuten für behinderte Menschen, eine oft geschundene Kreatur gibt kranken Kindern neuen Lebensmut, stabilisiert die Psyche, sorgt für Koordination und Gleichgewicht, vielleicht die edelste Aufgabe, die diese Tiere hier vollbringen.

Aber auch von einem Pferd, das auf der kleinen Sunda-Insel Bali einem dreijährigen Jungen das Leben rettete, war vor einiger Zeit in der Presse die Rede.

Unvorstellbar hart müssen die Pferde hier auf dieser Insel schuften. Ein hartes Leben mit 12 Stunden Arbeit am Tag, und zwar jeden Tag, einschließlich an Sonn- und Feiertagen. Durch den mit Abgasen verpesteten Verkehr ziehen sie zweirädrige Karren, die oft zentnerschwer beladen sind. Wenn in der heißen Tropensonne die Kräfte zu erlahmen drohen, sorgt die unbarmherzige Peitsche dafür, dass der Karren nicht zum Stehen kommt. Der Vierbeiner hat zu ziehen, und wenn er umfallen sollte. Erlösung bringt nur der Tod, denn die Besitzer dieser armen Tiere sind selbst zu arm, als dass sie denen, die jahrelang für sie gerackert haben, Gnadenbrot gewähren könnten.

Es wird von einem zwölfjährigen Schimmel berichtet, der, weil er am Ende seiner Kräfte ist, bald gegen einen jüngeren leistungsfähigeren Artgenossen ausgetauscht werden soll. Eines Tages bemerkt der kluge Schimmel, wie der kleine Sohn seines Herrn in die Java-See stolpert und zu ertrinken droht. Das Pferd rennt in die Fluten und bugsiert das Kind wieder an den Strand. Nachdem man den Jungen schon lange gesucht hat, sieht der Vater plötzlich, wie sein treues Pferd ganz sanft ein nasses Bündel vor sich her schubst. Ein Pferd als Lebensretter, ein Schutzengel auf vier Hufen, so hat der Reporter Georg Barthel seinen Bericht betitelt. Dieses Tier bleibt nun in der dankbaren Familie, und es wird eines der ganz wenigen Vierbeiner sein, die auf Bali ihr verdientes Gnadenbrot bekommen.

In der gleichen Zeitschrift wurde von einer ähnlichen Begebenheit berichtet, nur das hier der Lebensretter kein Pferd, sondern ein anderer, aber auch equider Vierbeiner war, nämlich eine Eselin.

Auch sie war ein sehr geplagtes Wesen, das täglich zentnerschwere Steine aus einem Steinbruch in die umliegenden Dörfer schleppen musste. Außerdem trug sie Gepäck der Touristen auf der Insel Mallorca, und wenn abends die anderen Arbeitstiere Feierabend hatten, drehte die geduldige Eselin noch bis spät in die Nacht im endlosen stupiden Kreisgang eine Olivenölmühle.

Eines Abends war sie spurlos verschwunden, und als man sie schließlich fand, stand sie auf einem schmalen Pfad über einer Schlucht. In zehn Meter Tiefe lag ein verletzter Mann, den man nur mühsam retten konnte. Sein Bein war gebrochen und wurde anschließend in Palma versorgt. Aus Dankbarkeit kaufte der Tourist aus Bayern, auch wenn er ihn überbezahlte, weil sein Besitzer ihn erst nicht loswerden wollte, den Esel und ließ ihn in seine blauweiße Heimat fliegen, wo das Tier nun auf grünen Weiden seinen Lebensabend verbringt.

Da der Esel zu den nächsten Verwandten des Pferdes, den Equiden, gehört, passt auch diese Geschichte zu unserem Thema. Erwähnt sei noch, dass in den ältesten Höhlenzeichnungen bereits der Esel zu sehen ist, lange vor dem Pferd und dem Rind. Seine Domestikation begann schon im 7. Jahrtausend v. Chr., und zwar im westlichen Afrika. Wohl keinem anderen Tier im Laufe der Menschheitsgeschichte ist so viel Leid, Schmerz, Qual und Entbehrung aufgebürdet worden, wie diesem oft verachteten, fälschlicherweise für dumm, faul, störrisch und bockig gehaltenen Wesen.

Zum Schluss dieses Kapitels eine Geschichte aus England, die zwar verbürgt sein soll, bei mir jedoch etwas Skepsis hervorruft. Das Geschehen soll sich auf einem Bauernhof abgespielt haben. Hier habe ein Pferd seinem Pfleger das Leben gerettet, als dieser von einem wütenden Eber angegriffen wurde. Der Pfleger namens George hatte gerade den Stall verlassen, in dem er liebevoll sein Pferd gestriegelt und gefüttert hatte, als der aggressive Eber ihn anfiel und zu Boden warf. Gerade als das Schwein versuchte, George in die Kehle zu beißen, kam das Pferd aus dem Stall gestürzt und verpasste dem Eber einen Tritt, der vor Schmerz laut quiekend von seinem Opfer abließ. Jedoch sollte man sich hier hüten, dem edlen klugen Pferd oder dem bösen Eber menschliche Motive zu unterstellen.

Römisches Wagenrennen und Reiterspiele in aller Welt
Wagenrennen im Circus Maximus

Wagenrennen im alten Rom erfreuten sich sehr großer Beliebtheit. Sie wurden nicht nur in der Hauptstadt des Imperiums ausgetragen, sondern in der gesamten Provinz waren diese Veranstaltungen der Lieblingssport der Massen. Spanien und Nordafrika waren bekannt durch ihre gute Rennpferdezucht, und in diesen Provinzen stand das Wagenrennen besonders hoch in Blüte. Eine der heute noch am besten erhaltene Anlage befindet sich im nordafrikanischen Libyen.

In Rom war es natürlich der Circus Maximus, der eine 650 x 125 Meter große Bahn besaß und der zur Zeit des Kaisers Trajan (98-117) ein Fassungsvermögen für 250.000 Zuschauer bot, in dem die Wagenrennen stattfanden.

Niemals in der Weltgeschichte hat man eine so große oder noch größere Anlage für öffentliche Darbietungen gebaut.

Die Anlage war so konstruiert, dass alle Fahrer die gleichen Chancen hatten. Die Startboxen wurden bogenförmig angelegt, so dass die Strecke bis zur ersten Kurve für alle Fahrzeuge gleich lang war. Auch war die Fahrbahn zuerst sehr breit, damit nicht schon am Anfang des Rennens Karambolagen auftraten.

In der Regel fuhr man vierspännig, häufig aber auch mit nur zwei Pferden. Sechs-, Acht- oder sogar Zehnspänner bekamen die Zuschauer nur selten zu sehen, Es war nicht so, dass das Tempo durch die Vielzahl der Pferde erhöht wurde, jedoch bedeuteten mehr Pferde vor dem Wagen ein größeres Geschick für den Lenker.

Kaiser Nero soll, was zu seinem Größenwahn passte, es mit zehn Pferden versucht haben, dabei aber aus dem Wagen gefallen sein und sich trotzdem Sieg und Prämie zugesprochen haben.

Das Wagenrennen der Römer war kein Erbe aus Griechenland, sondern stammte von den Etruskern, und der ursprüngliche Sinn lag in der Verehrung und Dankesbezeigung an die Götterwelt. Bekanntlich hatten die Einwohner von Etrurien bis zum 4. Jahrhundert v. Chr. in vielen Dingen großen Einfluss auf die Römer.

Zum Programm dieser Spiele gehörten neben dem Wagenrennen auch Vorführungen von Kunstreitern, Tierhetzen und athletische Darbietungen. Anlasse zu den Spielen waren später in der Kaiserzeit auch Siege von römischen Feldherren, die sich nach ruhmvollem Schlachtsieg auch noch als Spielgeber beim Publikum beliebt machen wollten.

Während der Staat normalerweise als Geldgeber der Spiele fungierte, musste bei solchen Fällen der betreffende Feldherr aus seiner Privatschatulle die Veranstaltung mit finanzieren. Auch Politiker, die die Gunst der Wähler gewinnen wollten, benutzten als Austragende dieser Spiele die Gelegenheit, mehr politischen Einfluss zu bekommen.

Der Renntag wurde mit einer Prozession eingeleitet. An der Spitze fuhr der Spielgeber auf einem Triumphwagen. Wagenlenker, Athleten, Priester, Musikanten und Träger mit Götterbildnissen folgten. Vom Kapitol zog die Prozession zum Circus Maximus. Nachdem die Startpositionen durch Losentscheid bestimmt waren, gab der Spielgeber das Startsignal, indem er ein weißes Tuch fallen ließ. Die ersten 170 Meter waren durch weiße Linien markiert, die man deswegen angebracht hatte, damit die Gespanne die Bahnen nicht kreuzten, worauf von Schiedsrichtern streng geachtet wurde. Wenn die erste enge Kurve erreicht war, durften andere Wagen überholt und abgedrängt werden. Riskante Überholmanöver begeisterten die Zuschauer.

Diejenigen, die den Film „Ben Hur" gesehen haben, erinnern sich bestimmt noch an die Wagen mit den rotierenden Sägeblättern, die den Gegnern die Speichen der Räder zerschnitten. Solche Wagen sind aber in der Realität nie zum Einsatz gekommen.

Sieben Runden waren im Circus Maximus zu bewältigen, was in dieser Anlage einer Strecke von 5.200 Metern entspricht. Der Sieger wurde vom Spielgeber auf der Ehrenloge mit einem Lorbeerkranz und einem Palmzweig geehrt. Dazu kam natürlich noch eine beachtliche Geldsumme.

Gefährliche und oft auch tödliche Unfälle für Fahrer und Pferde waren nicht selten. Die Hauptgefahrenpunkte lagen an den Wendemarken. Ohne diese Risiken hätten die Spiele auf das verwöhnte römische Publikum keinen besonderen Reiz ausgeübt. Von den Gladiatorenkämpfen war man Schlimmeres gewohnt.

In der Kaiserzeit lag die Teilnahme an diesen Rennen unter der Würde eines freien und vornehmen Römers. So waren viele Lenker meist freigelassene Sklaven, die beim Publikum aber in hoher Gunst standen. Lederne Schutzbekleidung aus Rinderhaut schützte bei Unfällen vor Hautabschürfungen. Die Zügel banden sich die Lenker um den Leib, damit die Hände für die Peitsche frei waren. Ein kurzes scharfes Messer steckte im Gürtel, um die

Leine im Notfall durchzuschneiden, damit die Fahrer bei einem Unfall nicht mitgeschleift wurden. Die Pferde waren wertvollstes Zuchtmaterial und erhielten eine spezielle Ausbildung und Pflege.

Das Leitpferd, das innen angeschirrte Tier, von dessen Kraft und Wendigkeit besonders in den Kurven alles abhing, genoss eine besondere Verehrung und erhielt oft auch eine ehrenvolle Bestattung.

Wichtig für die Pferde waren Geschwindigkeit und Wendigkeit, wogegen Kraft eine untergeordnete Rolle spielte, das Gewicht des Wagens war von sehr geringer Bedeutung.

Das Interesse und die Leidenschaft für das Wagenrennen war bei den Römern so groß, dass z.B. zur Zeit des Kaisers Caligula oft mehr als 24 Rennen pro Spieltag veranstaltet wurden.

Im Circus gab es keine getrennte Sitzordnung für Männer und Frauen. Man saß eng zusammen, und wie uns der römische Dichter Ovid berichtet, sei der Circus Maximus ein günstiger Ort, an dem man schnell Bekanntschaften schließen konnte.

Reiterspiele

Reiterspiele gehören zum vielseitigen Pferdesport, wenn sie auch eine eigene Kategorie darstellen. Sie sind älter als der eigentliche Pferdesport, und man kann sie wohl als dessen Vorläufer bezeichnen. Ähnlich wie Sport ist auch Spiel hier Leistung, Übung, Rivalität, Wettkampf, Spannung und körperliche Tätigkeit bei Mensch und Pferd.

Reiterspiele beinhalten schon immer mehr oder weniger Pferdesport. Die Basis für diese Spiele liegt in der wirtschaftlichen und militärischen Nutzung es Pferdes. Brauchtum und kultische Aspekte kommen hinzu. Den militärischen Hintergrund kann man besonders an solchen Spielen erkennen, in denen Waffen eine Rolle spielen. (Speere, Degen, Bogen etc.).

Für den Reiter ist es nicht einfach, mit der einen Hand sein Pferd sicher und ruhig zu führen, mit der anderen die Waffe konzentriert und zielsicher zu handhaben.

In den Dörfern Schleswig-Holsteins ist das so genannte Ringspiel wieder in Mode gekommen, ein altes Reiterspiel, bei dem man während des Galopps einen kleinen Ring, der über dem Reiter hängt, mit dem Speer „angeln" und herunterholen muss. Wer nach mehreren Umläufen die meisten Ringe ergattert hat, ist der Ringreiterkönig Diese Turniere sind heute wahre Volksfeste. Im Sauerland gibt es einen Ort, in dem jährlich das so genannte Gänsereiten stattfindet. Eine tote Gans hängt mit dem Kopf nach unten an einem Querbalken. Ebenfalls im schnellen Ritt muss der Reiter versuchen, indem er unter diesem Balken herreitet, den Kopf der Gans abzureißen. Damit der Gänsehals nicht so griffig ist, wird er mit Schmierseife glatt gemacht.

Eine sehr lange Tradition haben die Speerspiele, besonders in Osteuropa, im Vorderen Orient und in Asien.

Bereits Xenophon erwähnte ein Speerspiel, bei dem es darauf ankam, den Gegner mit einem abgestumpften Speer durch Stoßen und Hin- und Herziehen aus dem Sattel zu werfen.

Das edelste aller Reiterspiele, oder von Carl Diem auch König der Spiele genannt, ist das Ballspiel zu Pferde mit nur vier Spielern auf jeder Seite, nämlich das Polospiel. Es hatte früher den Sinn, Mensch und Tier auf den möglichen Kriegsfall vorzubereiten und stammt aus dem asiatischen Raum, wahrscheinlich aus Persien, wo es 500 v. Chr. schon gespielt worden sein soll. Von den Engländern wurde es aus Indien nach Europa gebracht und kam dort zu großer Blüte. Nach dem Eishockey ist Polo das schnellste Ballspiel überhaupt und fordert Höchstleistungen von Mensch und Tier. Besonders hohe Ansprüche werden an die Entschlussgeschwindigkeit und an ein sicheres Auge gestellt.

Die besten Polopferde kommen heute aus Argentinien, wo es neben Fußball die Massen mobilisiert. Härte, Ausdauer, Mut, Genügsamkeit und Schnelligkeit müssen solchen Ponys zu Eigen sein. Um überhaupt spielen zu können, benötigt der Spieler zwei Ponys. Nach jedem Spielabschnitt wird das Pferd gewechselt. Der Platz ist 275 Meter lang und 180 Meter breit. Das Pferd wird hier nicht zum servilen Untergebenen, sondern zum kampffreudigen Gehilfen. Gemeinsames Denken von Mensch und Tier ist gefordert, für beide Partner ist es strapaziös und aufreibend, jedoch mehr für das Pferd als für den Reiter. Daher auch die Auswechslung der Tiere während des Spiels, dessen Regeln teilweise vom Hockey, Fußball, Handball, Radball und Wasserball übernommen wurden.

Buzkashi ist bekanntlich der Nationalsport in Afghanistan. Ein wildes Reiterspiel, an dem manchmal mehrere hundert Reiter und Pferde teilnehmen. Eine tote Ziege oder ein toter Hammel muss vom Sattel aus aufgehoben, zu einem bestimmten Zielort getragen und von dort wieder zum Ausgangspunkt zurückgebracht werden. Die Reiter müssen versuchen, dem Mitspieler, der das tote Tier in Besitz hat, diesem wieder zu entreißen.

Schwere Unfälle sind hier bei Pferd und Reiter nicht selten. Man sieht ein Durcheinander von Pferden und Reitern, umhüllt von dicken Staubwolken. Manche Pferde stürzen, andere bäumen sich auf, andere scheuen und wollen durchgehen. Ein ohrenbetäubender Lärm, Geschrei, das Stampfen der Hufe auf hartem Boden, das Klatschen der Reitpeitschen auf die Pferdeleiber und das Schnaufen der geplagten Tiere. Die vom Pferd gefallenen Männer laufen Gefahr, von den Hufen zertreten zu werden. Andere, die sich zu Boden gleiten lassen, um die Trophäe zu ergreifen, hängen mit einem Fuß noch so eben im Steigbügel. Von außen kommen neue Reiter hinzu, in vollem Galopp reiten sie in den Haufen von Menschen und Tierleibern, als wollten sie darüber hinwegspringen.

Für den ausländischen Beobachter ein unvorstellbares Chaos, doch für den Gewinner jedenfalls eine lohnende Sache, sowohl der Reiter als auch der Pferdebesitzer erlangen in Afghanistan hohes gesellschaftliches Ansehen.

Auch heute noch ist es streng verboten, Buzkashi-Pferde zu exportieren. Diese Pferde werden speziell für das Buzkashi-Spiel gezüchtet und trainiert. Die Ausbilder sind begehrt und berühmt und verdienen in diesem armen Land fast so viel wie ein Universitätsprofessor oder ein Minister.

Schnelligkeit, Geschicklichkeit und Gehorsam sind wichtige Pferdetugenden, die die Buzkashi-Pferde beherrschen müssen. Auch die Scheu vor Lärm, Getümmel und dem blutigen Tierkadaver müssen die Ausbilder diesen Tieren austreiben.

In Japan findet ein Reiterspiel, das sehr mit dem japanischen Kult verbunden ist, und dem eine ausgiebige Sitzmeditation vorausgeht, immer in der Nähe eines Tempels statt.

Yabusame nennen die Japaner dieses Reiterspiel, das eng verbunden ist mit militärischer Übung und religiöser Anschauung. Der Akteur trinkt zu Beginn den heiligen Wein, gekleidet in das altehrwürdige Samurai Kostüm. Priester segnen Pfeile, Bögen und die Pferde und führen die Reiter dann zur 200 Meter langen und drei Meter breiten Yabusamebahn.

Während auf der einen Seite der Bahn die Zuschauer sitzen, stehen auf der anderen Bahnseite in gewissen Abständen drei Zielscheiben, auf die der Yabusame-Reiter jeweils mit Pfeil und Bogen schießen muss. Dreimal auf der kurzem Strecke den Pfeil aus dem Köcher holen, diesen in den Bogen spannen und schießen, wie das überhaupt möglich ist, kann man sich kaum vorstellen.

Dieses Reiterspiel wurde 1098 n. Chr. von einem japanischen Kaiser ins Leben gerufen, aber erst als der Zen-Buddhismus von China nach Japan eingeführt wurde, was im 12. und 13. Jahrhundert der Fall war, wurde aus der militärischen Übung, nämlich aus vollem Galopp einen Pfeil auf das Ziel zu schießen, auch eine religiöse Praxis mit Gebet, Meditation und Studien der heiligen Schriften.

Der Zenbuddhismus (Zen = Versenkung) hatte einen außergewöhnlichen Einfluss auf die japanischen Ritter. Der religiös inspirierte Samurai sah eine Einheit in Schütze, Pfeil, Bogen, Scheibe und dem Reittier. Doch Erfolg konnte er nur haben, wenn eine konsequente Meditation vorausging, dann war man auch unabhängig von den störenden Bewegungen des Pferdes.

Ein asiatisches Reiterspiel, bei dem allerdings eine ganz andere Geisteshaltung angesprochen wird wie beim afghanischen Buzkashi, wo eben rauere und wildere Sitten herrschten als in diesem militärisch-religiösen Bogenschießen zu Pferde.

Akrobatisch, in höchstem Maße geschickt und dynamisch sind auch die Kunststücke der Kosaken, die im vollen Galopp nur noch an der Seite des Pferdes hängen und sich bei hohem Tempo unter dem Pferdeleib durchhangeln auf die andere Leibseite.

Inmitten des toskanischen Hügellandes liegt die Stadt Siena. Stadtmittelpunkt ist der muschelförmige Platz Il Campo, auf dem alljährlich am 2. Juli und am 16. August das Palio-Pferderennen, verbunden mit mittelalterlichem Brauchtum, stattfindet.

Der Platz ist von berühmten gotischen Ziegelbauten umgeben, so das eine Wirkung von einzigartiger Geschlossenheit entsteht. Bemerkenswerte sakrale Renaissance-Bauten runden das Bild ab. Das Palio wurde bereits 1238 erwähnt und war zuerst ein militärischer Wettkampf, später galoppierten dann die vornehmen Herrn von Siena um diesen Platz herum. Heute reiten hier Vertreter der einzelnen Stadtbezirke um Sieg und Ehre, und das Ganze ist ein weltbekanntes Volksfest geworden. Die Bahn misst an der Innenseite etwa 300 Meter, weit länger ist sie an den Außenseiten. Die Schwierigkeiten für Pferd und Reiter bestehen in der Hauptsache in den rechtwinkligen Kurven sowie einer Gefällstrecke von 9 und einer Steigung von 22 Prozent. Robuste Pferde sind hier eher gefragt als edle Typen. Bevor das wilde, den Tieren gegenüber unfaire Rennen beginnt, bekommen die Pferde erst einmal den kirchlichen Segen. Kurz vor Sonnenuntergang nach mehreren Tagen des Feierns und nach einem großen Festzug beginnt das Rennen, bei dem der Reiter fast alles darf, was sonst bei normalen Pferderennen verboten ist. Das Pferd, das er reitet, ist ihm zugelost worden. Alle Reiter versammeln sich auf ziemlich engem Raum vor einem gespannten Startseil. Wenn jemand zu früh anreitet, stößt das Pferd vor das Startseil, und es kommt schon zu Stürzen, ehe es richtig losgegangen ist. Häufige Fehlstarts sind nicht selten, was an den Nerven, vor allem der Reiter, zerrt, und mancher Starter hat schon von den aufgebrachten Reitern Prügel bezogen.

Prügel mit dem Ochsenziemer bekommen neben den Pferden auch Reiter. Denn man darf den Konkurrenten nicht nur den Weg absperren und an die Gitter drängen, sondern auch auf ihn oder sein Pferd einschlagen und ihn sogar aus dem Sattel ziehen. Verboten ist lediglich, bei den gegnerischen Pferden in die Zügel zu greifen.

Gewonnen hat das Pferd, das nach drei Runden mit oder ohne Reiter ins Ziel kommt, was schon dazu geführt hat, dass sich Reiter vom Pferde gleiten ließen, damit dieses ohne Last schneller die Ziellinie erreichte.

Unvergessen ist das Foto, das um die Welt ging und ein reiterloses Pferd zeigte, das alle vier Beine gebrochen hatte und sich an eine Mauer lehnte, um nicht umzufallen.

Ein großes Abendessen in der Hauptstraße beendet die für den Tierfreund traurige Show. Das Siegerpferd hat hierbei einen Ehrenplatz an einer goldenen Haferkiste.

Aus der Schweiz kommt das Winterpferderennen, das man auch Skikjöring nennt. Das Pferd ist hierbei entweder ungesattelt, und der Skiläufer wird gezogen und muss dabei gleichzeitig das galoppierende Tier lenken, was nicht so einfach ist. Eine andere einfachere Form des Skikjörings ist, wenn der Skiläufer sich von einem berittenen Pferd ziehen lässt. Dann braucht er sich natürlich nicht um die Führung zu kümmern. Seit 1923 wird dieses Rennen in der Schweiz betrieben und gelangte bald in alle Wintersportgebiete Europas.

Im Sauerland feierte diese etwas seltene Sportart vor einigen Jahren wieder eine „Auferstehung", nachdem sie viele Jahre in Vergessenheit geraten war.

Auch wenn es beim Stierkampf in erster Linie um den Stier und den Torero geht, steht auf einer Seite der Auseinandersetzung auch das Pferd mit seinem Reiter, ein Reiterspiel oft auf Leben und Tod, auch wenn es von Stierkampfexperten mit Dressur verglichen wird.

Schon im alten Rom kämpften Reiter zu Pferde gegen alle möglichen Tiere, von Stieren bis zu Elefanten. Vorher waren es schon die Griechen, die vom Pferderücken aus gegen Stiere kämpften. Vor diesem griechisch-römischen Hintergrund aus entwickelte sich der Stierkampf auf der Iberischen Halbinsel in Spanien und Portugal. In Portugal, wo bekanntlich der Stier nicht getötet wird, kämpft der Rejoneador auf einem ausgezeichnet geschulten Pferd, dessen Bewegungen man schon als Dressur bezeichnen kann. Ein Pferd in der Stierkampfarena muss absolut gehorsam und geschickt sein. Höchstes Reaktionsvermögen ist unerlässlich, um für Pferd und Reiter die optimale Sicherheit zu erlangen.

Der Raum, auf dem der Stierkampfreiter operiert, ist relativ eng, das Pferd muss blitzschnell rechts und links wenden können, herumspringen, aus vollem Galopp stoppen und aus dem Stand wieder losrennen, Pirouetten drehen und in jeder Situation dem Stier ausweichen können. Und das alles ziemlich selbstständig und mit wenig Hilfe des Reiters, der sich ja voll und ganz auf den Stier konzentrieren muss.

Niemand hat das harte Los der spanischen Stierkampfpferde so eindrucksvoll und kompetent geschildert, wie der berühmte amerikanische Schriftsteller Ernest Hemingway in seinem Buch „Tod am Nachmittag". Der Nobelpreisträger war selbst gelernter Stierkämpfer und hatte seine Kenntnisse dieses blutigen Spiels in den Arenen von Spanien und Mexiko erworben. Hier ein kurzer Ausschnitt aus dem erwähnten Buch, in dem weniger edle, kluge und stolze Dressurpferde geschildert werden als vielmehr alte, müde und bedauernswerte Tiere, die eher ein Martyrium durchzustehen haben als ein Dressurreiten in einem Turnierviereck, mit dem die portugiesischen Rejoneadores ihre Reitkünste in der Stierarena gerne vergleichen möchten.

„Pferde haben eine solche Angst vor Stieren und sind von einer derartigen Panik erfasst, dass man sie kaum noch meistern kann. Für den Picador ist ein altes, müdes Pferd am nützlichsten. Es muss alt oder erschöpft sein. Daher werden die für den Stierkampf vorgesehenen Tiere am Morgen vor der Veranstaltung von den Arenadienern bis zur völligen Erschöpfung geritten. Das Pferd braucht zu etwas anderem nicht mehr tauglich zu sein, muss aber fest auf den Beinen stehen und sich leicht lenken lassen.

Ein beim Kampf schwer verletztes Tier zu töten, weigern sich die Picadores. Das Publikum muss sie hier oft zwingen, barmherzig zu sein. Das Pferd soll, um Geld zu sparen, bei lebendigem Leib wieder ausgestopft werden. Sechsunddreißig Pferde müssen bei jedem Kampf gestellt werden. Viele von ihnen kennen den Stierkampf und zittern vor Angst, wenn sie in die Arena müssen. Meist sind es alte Schindmähren, deren Körper völlig verbraucht, deren Geist aber durch langjährige Erfahrung hellwach ist. Sie wissen genau, was auf sie zukommt. Doch die Picadores haben hierfür keine Gedanken. Brutal wird der schwere Sattel aufgeworfen. Und wenn dann die messerscharfen Sporen die weichen Flanken bearbeiten, überwiegt der Schmerz die Angst, und die Gäule tun alles, was man von ihnen verlangt.

Für den Matador ist es günstig, wenn der Stier das ungeschützte Hinterteil des Pferdes durchbohrt und hierbei noch mehr ermüdet. Da diese Wunden am Hinterteil niemals tödlich sind, wird das Pferd wieder und wieder hereingebracht. Die Wunde wird zwischen zwei Stierkämpfen abgewaschen und genäht.

Der empfindliche Pferdeleib ist heute durch eine Art Matratze geschützt, das Pferd kann hier nicht mehr aufgeschlitzt werden. Nur Kopf, Hals und Hinterbacken sind ungeschützt. Wenige Pferde wer-

den daher noch getötet, aber fast alle werden am Hinterteil oder
zwischen den Beinen verwundet. Die scheinheilige Vorstellung, die
Pferde zu schützen, bedeutet viel mehr Leiden und Pein als der frü-
he Tod durch den Stier.“

Soweit der Schriftsteller und Stierkämpfer Hemingway über das
Schicksal der Pferde bei diesem, für alle Tierfreunde makabren,
tierquälerischen und blutigen Reiterspiel.

Ein dem amerikanischem Rodeo verwandtes Reiterspiel in Mexiko ist das Charreada. In altmexikanischer Reiterkluft versuchen
die Charros (Rinderhirten) vom Sattel aus junge Stiere im vollen Galopp am Schwanz zu fassen und auf den Boden zu werfen. Auch
auf halb wilden Pferden und Stieren reitend, messen sie ihre Kräfte. Oft vor weit über tausend Zuschauern. Auch das Lasso, mit
denen die Tiere am Kopf oder den Beinen gestoppt und umgeris-
sen werden, gehört zu den Utensilien der Charros. Als Volkssport
kann man die Charreada wohl nicht bezeichnen, da es mehr oder
weniger ein Sport der gehobenen Gesellschaft ist.

Einige Gemeinsamkeiten, aber doch keinen direkten Bezug, hat
das in Argentinien gespielte Pato mit dem Polo und dem Buzkashi-
Spiel in Afghanistan. Ein Volkssport, der aus der Zeit der spanischen Kolonisierung stammt.

Heute steht er nach Fußball und Polo an dritter Stelle der Popu-
larität.

Zwei berittene Parteien von jeweils vier Reitern pro Mannschaft
kämpfen auf einem 260 Meter langen und 180 Meter breiten Feld
um einen Lederball, der sechs Handgriffe hat. Früher hatte dieser
Ball nur zwei Schlaufen, und in ganz alter Zeit war es eine Ente, die
so in einen Lederbeutel gesteckt wurde, dass nur der Kopf heraus-
ragte. Dieser Ledersack wurde vom Gastwirt des Dorfes in die Luft
geworfen, und die Gauchos versuchten nun diesen Spielball auf-
zufangen und mit ihm das Haus ihrer Liebsten zu erreichen, das andere berittene Rivalen nun mit allen, auch den rüdesten Mitteln, zu
verhindert suchten. Erbitterte Kämpfe, Messerstechereien, Verlet-

zungen und auch Todesfälle waren an der Tagesordnung. Im Jahre 1937 wurden die brutalen Regel geändert, wobei auch die lebende Ente durch einen mit Schlaufen versehenen Lederball ersetzt und so das Spiel humanisiert wurde. Ziel ist es, den Ball in einen 3,20 Meter hoch angebrachten Korb zu befördern. Zwei dieser Körbe stehen am Rande des Feldes, und gespielt wird viermal zehn Minuten mit je fünf Minuten Pause. Genau wie beim Polo werden innerhalb der Spielzeit die Pferde gewechselt.

Der Kampf um den Ball erinnert an den Kampf um den toten Hammel beim Buzkashi. Jeder zerrt mit aller Kraft, um diesen in Besitz zu bekommen, um dann wild damit davon zu galoppieren. Die anderen Teilnehmer versuchen jetzt, dem Ballbesitzer die Lederkugel wieder zu entreißen. Dabei geht es immer noch sehr rüde und unfair zu, so dass Pferd und Reiter nicht selten zu Fall kommen, auch Todesfälle sind schon vorgekommen.

1830 verbot ein argentinischer Diktator das Spiel, das dann über hundert Jahre in Vergessenheit geriet, bis es kurz vor dem Zweiten Weltkrieg wieder ins Leben gerufen wurde, ohne dass man die raue Spielart in eine moderate Art gewandelt hätte. Heute zieht es wieder wie eh und je die Massen an. Die Landesmeisterschaft wird in jedem Jahr in der Hauptstadt Buenos Aires ausgetragen.

Das bekannteste Reiterspiel oder auch Pferdesport in der Neuen Welt ist sicherlich das Rodeo.

Heute eine Mischung aus Spiel, Sport und Show, hervorgegangen aus Prüfungen im damaligen Cowboy-Alltag. Immer noch sind es Cowboys, die auf den jährlich etwa 1.500 Rodeos in den Staaten und circa 50 in Kanada sich beachtliche Summen Dollars dazu verdienen.

Die bekannteste und vielleicht auch größte Veranstaltung ist die Calgary-Stampede, zu der etwa eine Millionen Zuschauer kommen, und die in dieser kanadischen Stadt eine Woche andauert.

Neben den Amateuren gibt es auch die Profis, die von Rodeo zu Rodeo reisen und noch weit mehr Geld erhalten als die Amateure, wozu dann noch beträchtliche Werbeeinnahmen kommen. Ohne Verletzungen geht es dabei kaum ab; Knochenbrüche, innere Verletzungen durch Stürze und Tiertritte sind die Regel. Die Veranstaltungen beginnen fast immer mit dem Einfangen von Kälbern und enden mit dem gesattelten oder sattellosen Ritt auf einem bockenden Pferd, auf dem sich der Cowboy mindestens acht Sekunden halten muss.

Im Programm ist auch das Einfangen junger Stiere. Zwei galoppierende Reiter nehmen einen Jungstier in die Mitte, dann lässt sich einer von ihnen auf das mitrennende Tier fallen, umfasst seinen Hals und wirft es auf den Rücken.

Die gefährlichste Nummer aber ist wohl der Ritt auf einem gewaltigen Brahmabullen. Zwei Richter vergeben auch hier, genau wie beim Reiten auf den wilden Pferden, Punkte.

Höhepunkt der Show ist das Chuckwagen Race. Auf einer 800 Meter langen Strecke jagen vier Planwagen von je vier Pferden gezogen und von vier Reitern begleitet, im rasenden Tempo über die Bahn. Jeden Moment scheinen die schleudernden Wagen umzukippen, und manchmal kommt es zu Kollisionen, die bei Mensch, Tier und Material nicht immer glimpflich verlaufen.

Ein rauer, riskanter, für den Zuschauer äußerst nervenkitzelnder Sport, der besonders beim Chuckwagen Race an die Wagenrennen im alten Rom erinnert.

Das härteste Rennen der Welt

Wann dieses Hindernisrennen entstand, ist heute nicht mehr feststellbar. Irgendwann ist es aus dem Hetzrennen hinter Hunden, die einen Hirsch oder Rehbock hetzten, entstanden. Diese Art Rennen werden heute noch in England und Frankreich durchgeführt. Sie stammen aus der ersten Hälfte des 17. Jahrhunderts. Jakob I., der Sohn Elisabeths I., war ein eifriger Verfechter dieses über Stock und Stein gehenden Rennens, aus dem dann das Grand National wurde, eben das gefährlichste und härteste Rennen der Welt. Die nachfolgende Form des Hetzrennens auf ein Wild war ein Wettrennen querfeldein. Das Ziel war vom Start aus sichtbar, meistens ein Kirchturm, auf den man dann, ohne Umwege zu machen, zugaloppierte.

Teilnehmer waren zuerst nur zwei Reiter, später stieg die Zahl der Teilnehmer, darunter auch ortsunkundige; deshalb ritt jemand, der mit den örtlichen Verhältnissen vertraut war, voraus und winkte mit dem Taschentuch, wenn ein Hindernis zu überwinden war.

Von dem Rennen mit dem Kirchturm als Ziel blieb der Name „Steeplechase". Steeple ist das englische Wort für Kirchturm. Das erste Steeplechase mit mehreren Profis, die in bunten Blusen ritten, wurde 1804 ausgetragen. Reiterprofis lösten nun immer mehr die alten englischen Gentlemanreiter ab.

Querfeldein ging es dabei immer noch, nur kamen zu den natürlichen Hindernissen bald immer mehr künstliche hinzu, und das Rennen wurde gefährlicher. Gräben, Wälle und Gatter wurden auf der flachen Strecke installiert. Ein Kneipenwirt und Pferdetrainer namens Colemann konzipierte als erster einen Rundkurs, der dort endete, wo auch gestartet wurde. Das erste Grand National Rennen wurde in der Nähe von Liverpool, in Aintree, ausgetragen, doch es hieß noch nicht Grand National, sondern Grand Liverpool Steeplechase. In zwei Runden mussten 6.400 Meter und 29 Sprünge bewältigt werden.

1847 bekam das Rennen seinen bis heute üblichen Namen Grand National Steeplechase. Seit dieser Zeit sehen Tierfreunde und Kritiker hier einen lizensierten und legitimierten Mord an Tieren.

Dutzende von Pferden sind in diesem mörderischen Rennen bereits umgekommen. Viele stürzten sich direkt zu Tode, andere mussten aufgrund schwerer Verletzungen erschossen werden. Aber auch bei Flachrennen, Parcourspringen und Jagden blieben Pferde auf der Strecke, entgegnete man den Kritikern des Grand National. Das Springen mache den Pferden nichts aus, sie täten es gerne, der Beweis hierfür sei, dass reiterlose Pferde weiter mitliefen und die Hindernisse ohne menschliche Einwirkung nehmen würden. Dem wird entgegengehalten, dass diese Pferde nur dem Flucht- und Herdentrieb folgen würden und nervlich so aufgeputscht seien, dass sie blindlings nach vorn stürmten und die Öffnungen im Geläuf, durch die sie die Bahn verlassen könnten, gar nicht wahrnehmen würden.

Die Hindernisse des Grand National sehen zwar gewaltig aus, bestehen aber meist aus einer Hecke, die mit Tannenzweigen besteckt ist und beim Aufprall elastisch nachgibt. Sie sind so lose gestopft, dass sie in der zweiten Runde oft große Lücken aufweisen, so dass die ursprüngliche Höhe nicht mehr vorhanden ist. Die meisten Stürze passieren beim bekanntesten und spektakulärsten Hindernis, nämlich bei Becker's Brook. Dieses 1,50 x 1,00 Meter große Hindernis hat seinen Namen von einem sehr bekannten Steeplechase-Reiter, Vollblutzüchter und Rosshändler namens Becker, der in der Armee des Herzogs von Wellington gedient hatte und an diesem Hindernis in jeder Runde gestürzt war. Beim zweiten Sturz blieb er im Graben hocken, und das ganze Feld ging über ihn hinweg. Dieser Sprung ist deshalb so gefährlich, weil die Landestelle 60 Zentimeter tiefer als die Einsprungstelle liegt. Für viele Reiter wird aber auch ein Hindernis, das die Form eines Stuhles (daher chair genannt) hat, zum Verhängnis. Hinter einem 1,80 Meter breiten Graben folgt sofort eine 1,60 Meter hohe Hecke, die dazu noch 1,15 Meter breit ist. Dieses Hindernis braucht aber zusammen mit einem anderen schwierigen nur einmal genommen werden. Insgesamt sind es sechzehn Hindernisse mit einer Durchschnittshöhe von 1,40 Meter.

In Frankreich und Tschechien gibt es zwar breitere Gräben und höhere Hürden, jedoch das Gefährliche beim Grand National sind einmal die große Zahl der Starter und die 7.218 Meter lange, kräftezehrende Distanz.

In den letzten fünfzig Jahren lag die durchschnittliche Zahl der startenden Teilnehmer bei 37. Besonders in der Anfangsphase des Rennens kommt es daher zu Rempeleien, Behinderungen und damit zu zahlreichen Stürzen. Im Jahre 1980 kamen von dreißig Pferden und ihren Reitern nur vier ans Ziel. Immer wieder hat man deshalb versucht, das Rennen etwas humaner zu gestalten. Nur Pferde ab sechs Jahren durften teilnehmen, und heute ist es nur solchen Reitern gestattet mitzumachen, die bei einem Hindernisrennen mindestens 1.000 Pfund Siegergeld gewonnen haben, oder in der Vergangenheit wenigstens den vierten Platz im Grand National belegt haben. Auch die Hindernisse, besonders an der Absprungseite, sind entschärft worden. Vielleicht wäre es aber auch vonnöten, die Zahl der Teilnehmer zu verringern, was vielleicht die Gegner dieses mörderischen Rennens etwas versöhnen würde.

Nicht immer ist das Siegerpferd des Grand National ein Vollblüter, und viele Pferde, die mehrmals dieses Rennen mitgemacht haben, sind in bester Gesundheit alt geworden. Als Veteranen haben manche noch an Fuchsjagden teilgenommen.

Von allen teilnehmenden Pferden wird vor allem eine große Ausdauer verlangt. Das typische Grad National Pferd gibt es nicht, Tiere von großer Statur gewannen genauso wie kleinere, zierliche Vertreter ihrer Rasse.

Gemeinsam haben sie alle eine lange Vorbereitungszeit mit leichten Jagdrennen bis zu schwierigen Kursen mit schweren Hindernissen. All das aber erst nach dem dritten Lebensjahr.

Kaltblüter

Die Geschichte der schweren Pferde, der so genannten Kaltblüter, ist eng verbunden mit der Geschichte der Menschheit, mit den Völkerwanderungen und Kriegen, mit Saat und Ernte, mit Brauchtum und Spiel. Immer waren die Teilnehmer der Menschen die Pferde.

Die ersten gezähmten Pferde, auch wenn sie noch so kraftvoll waren, gehörten noch nicht zu den Kaltblütern, wie wir sie heute kennen. Bis vor rund einhundertundfünfzig Jahren wurden für die schweren Zugarbeiten hauptsächlich Ochsen verwendet.

Für schnelle Beförderungen von Menschen und Gütern nahm man das beweglichere Pferd, dessen Schnelligkeit, Wendigkeit, Mut und Ausdauer dann auch in den Kriegen Verwendung fand. Immer schwerer wurden die Rüstungen, und die schwer bewaffneten Ritter in ihren Kettenpanzern benötigten schwerere Pferdetypen. Die Größe dieser Kriegspferde ist uns durch erhaltene Schutzrüstungen aus Leder bekannt geworden. Es war eine recht bescheidene Körpergröße, jedoch waren die damaligen Ritter im Vergleich zum heutigen Menschen auch von geringerer Statur. Diese Kriegspferde aber waren die Vorläufer unserer Kaltblüter. Die Heimat unserer sanften Riesen waren nicht die Länder am Mittelmeer, sondern das mittlere und nördliche Europa, Flandern, die Gegenden an Rhein und Donau, wo das mäßige und kühlere Klima und fettes Weideland erheblich zur Entwicklung dieser schweren und langsamen Pferdetypen beitrugen.

Als Karl Martell 732 n. Chr. bei Tours und Poitiers einen überlegenen Sieg über die Mauren feiern konnte, ritten seine Truppen auf robusten und schweren Kaltblütern, während es sich bei den unterlegenen Arabern um eine leichte Kavallerie handelte.

Immer mehr Kaltblutrassen entwickelten sich im Laufe der Jahrhunderte, wovon die Belgier, Percherons, Shire, Chydesdale und Suffolk vielleicht die wichtigsten sind.

In Österreich und Bayern wurde der Noriker gezüchtet. Seine Geschichte geht weit zurück bis in die römische Zeit. Später wurde die Zucht vor allem durch die Salzburger Bischöfe gefördert, die in ihrem Gebiet auch die ersten Gestüte für diese stämmigen, mittelgroßen Tiere gründeten.

Heute ist der Arbeitseinsatz für Kaltblüter selten geworden. Eingesetzt werden diese schönen, schweren und imposanten Tiere noch in den Wäldern zum Holzschleppen, aber am häufigsten sehen wir sie bei der Erfüllung von Repräsentationszwecken und bei festlichen Umzügen sowie vor schweren Brauereiwagen, vor denen sie zum Zweck der Werbung angespannt sind. Einige Brauereien besitzen zwar keine Kaltblüter, sie leihen sie sich dann bei Bauern aus, die sich darauf spezialisiert haben, Pferde für solche Veranstaltungen zu vermieten.

Der Belgier, ein typischer Vertreter seiner Rasse

Auf eine Rasse, die bei uns wohl am meisten verbreitet und bekannt war und in geringer Zahl noch ist, wollen wir etwas näher eingehen, nämlich die Belgier.

Das frühere schwere Marschenpferd des Mittelalters ist der Vorfahr des Belgiers. Körperbau und Eigenschaften dieses starken und ruhigen Vertreters seiner Rasse sind typisch für alle Kaltblüter. Unterarten sind der Ardenner, der Brabanter sowie das holländische und das rheinische Kaltblut. Die Bezeichnung „Belgier" ist für viele, denen die Pferderassen nicht so vertraut sind, der Kaltblüter schlechthin. Tatsächlich vereinigt dieser Typ in sich alle Merkmale, welche diese Rasse von leichteren Pferderassen unterscheidet: Ein großer schwerer Kopf auf einem muskulösen Hals, ein schwerer tonniger Körper auf kurzen aber sehr stämmigen Beinen. Sein Stockmaß beträgt etwa 170 bis 175 Zentimeter, das Durchschnittsgewicht zwischen 900 bis 1200 Kilogramm, was bedeutet, dass der Belgier nicht das größte, aber das schwerste Kaltblutpferd ist.

Der reinste und auch schwerste Typ der belgischen Kaltblutrassen ist der Brabanter, dessen Blut nie mit dem aus anderen Quellen vermischt wurde und so dem Originaltyp in seiner reinsten Form am ähnlichsten ist.

Der leichtere Typ, der Ardenner, ist bekannt durch seine Widerstandskraft und Genügsamkeit. Die Verwendung als Kriegspferd vom frühen Mittelalter an bis zu den Weltkriegen hat dieses Pferd fast aussterben lassen. Auch nach Amerika wurden die Belgier exportiert. Der amerikanische Farmer hatte andere Zuchtzielsetzungen, und er züchtete aus den schweren europäischen Tieren ein leichteres, hochbeiniges, trotzdem sehr starkes Pferd mit mehr Gangvermögen, was für die amerikanische Verwendung im Transport und in der Landwirtschaft von mehr Relevanz ist. Bevorzugt von den Amerikanern war in der Hauptsache der Brabanter und zwar der fuchsfarbene. Die belgischen Züchter dagegen hatten mehr Vorliebe für Rotschimmel.

Das größte und schwerste Pferd der Erde ist das Shire-Horse. Es kann bis zu zwei Meter Stockmaß und anderthalb Tonnen Gewicht erreichen.

Der Percheron

Einst war die französische Kaltblutzucht in der Welt führend. Viele Kaltblutrassen verdanken ihre Qualität dem Einfluss französischer Kaltblutpferde.

Allmählich sind diese schweren Pferde heute von Trecker und Lastwagen verdrängt worden, so dass vor wenigen Jahrzehnten sogar ein Aussterben drohte. Heute versucht man, die französischen Kaltblutrassen als Kulturgut zu erhalten. Ein wenig freudiger Grund ist leider auch die Produktion von Pferdefleisch, da Arbeitspferde überflüssig geworden sind, und Pferdefleisch in Frankreich sehr gerne gegessen wird. Fleischgewinnung also, dazu kommen aber auch noch wissenschaftliche Versuche in den Bereichen Genetik, Ernährung und Fortpflanzung. Dazu benötigt die Wissenschaft eine größere Anzahl von Pferden. Das angestammte Zuchtgebiet dieses typischen französischen Kaltbluts ist die Grafschaft La Perche in der Normandie, die dem Pferd auch seinen Namen gab.

Die Urahnen dieses schweren Zugpferdes mit dem langen edlen Kopf, großen Ohren und langen geschwungenen Hals, das entweder ein Schimmel oder Rappe ist, stammen teils aus dem Orient, teils aus Frankreich.

Als 732 n. Chr. die Sarazenen oder Mauren, wie man sie in Spanien nannte, mit 300.000 Mann in Frankreich einfielen, wurden sie bekanntlich vom Großvater Karls des Großen, Karl Martell, bei Tours und Poitiers geschlagen.

Viele schöne arabische und berberische Hengste der Araber fielen in die Hände der Franken. Man kreuzte sie mit den großen starken Stuten, die in Frankreich heimisch waren, woraus dann die weltberühmte Rasse der Percherons entstanden sein soll.

Später kamen noch Blutbeimischungen von einer größeren Anzahl arabischer Hengste, die die Kreuzfahrer aus dem Vorderen Orient mitbrachten, dazu. Immer mehr charakteristische Merkmale arabischer, dazu aber auch andalusischer Zucht, bekam der Percheron.

Im Jahre 1806 verstaatlichte Napoleon das Percheron Gestüt, das bis dahin privaten Züchtern überlassen war.

Als 1826 die Pariser Omnibusgesellschaft gegründet wurde, setzte diese ausschließlich Percherons als Zugpferde ein. Dadurch wurde die Rasse weltberühmt, und in der zweiten Hälfte des 19. Jahrhunderts erfolgte ein starker Export nach Amerika. Die Amerikaner wünschten vor allem schwarze Zugpferde, also Rappen.

Im Verlauf seiner Geschichte wurde aus dem Armeepferd ein Zugpferd für Postkutschen und Transportwagen. Dann nahm die Landwirtschaft dieses arbeitswillige, ausdauernde, gesunde und starke Arbeitstier immer mehr in Besitz.

Die Blütezeit dieser Rasse lag etwa zwischen 1880 und 1920. Während in Europa meist die weißen Percherons bevorzugt wurden, sahen die Amerikaner, wie erwähnt, lieber die schwarzen etwa 900 Kilogramm schweren Tiere.

In den USA sind auch heute noch manche Farmer der Ansicht, dass man mit einem Percheronpferd besser pflügen kann als mit dem Traktor.

Die Haflinger

Auf einem Hochplateau über der Stadt Meran in Südtirol befinden sich eine Reihe kleiner Dörfer, von denen eines den Namen Hafling trägt. Mühsam und beschwerlich musste man früher vom Tal aus hochsteigen, bis dieses Plateau in einer Höhe von 1.300 Metern erreicht wurde. Heute führt eine bequeme Seilbahn hinauf. Eine herrliche üppige Naturlandschaft, die man hier betritt und ein einmalig schönes Talpanorama, der historische Talkessel mit der Stadt Meran bietet sich den staunenden Augen. Das warme und milde Klima wird oft von rauen Stürmen unterbrochen.

Hier ist die Heimat eines kleinen Pferdeschlages, ausdauernd, warmblütig, fuchsfarben, benannt nach dem gleichnamigen Dorf, das aber selbst keine Zuchtstation besitzt, die Haflinger. Eine der beliebtesten Pferderassen in Mitteleuropa; irgendjemand nannte diese Zug- und Tragtiere und hervorragende Bergsteiger einmal die Lausbuben unter den Pferden.

Immer freundliche, nie ermüdende Wesen mit erstaunlichen Kraftreserven. In den Hochalmen fühlen sich diese Pferde zu Hause. Bekannt sind sie auch neben ihrer Arbeitswilligkeit und Gesundheit für ihre außergewöhnliche Fruchtbarkeit. Geburten irgendwo im größten Unwetter, weit weg von menschlicher Ansiedlung, mitten in der Natur sind nicht selten.

Der Rückgang der Arbeitspferdezucht hat die Rasse der Haflinger kaum berührt, man schätzt und braucht sie heute noch genau so wie damals.

In diesen alpinen Gebieten mit ihren Höhen und steilen Hängen kann man auf dieses Allzweckpferd nicht verzichten.

Bis 1918 gehörte die Heimat der Haflinger, nämlich Südtirol, bekanntlich zu Österreich, dann trennte man das Gebiet vom Land Tirol ab, und es fiel an Italien. Somit auch die Haflingerzuchtgebiete. Wie immer schon waren auch zu der Zeit der Teilung die dem Staat gehörenden Haflingerhengste im Staatsdepot Stadl, das in Österreich liegt, während die Stuten in Südtirol, also Italien, lebten. Zwischen Hengsten und Stuten plötzlich eine feindliche, hermetisch abgeriegelte Grenze, an der sogar Menschen verbluteten.

Erst 1920, als die Zustände sich langsam normalisierten und die Hengste wieder zu den Stuten durften und umgekehrt, begann für die lebenslustigen, fruchtbaren und menschenfreundlichen Haflinger wieder ein normales Leben.

Der Umgang mit Pferden, nicht immer gefahrlos

Vorsicht beim Umgang mit Pferden, selbst bei gutmütigen, ist immer geboten.

Beim Betreten des Standes sollte man das Pferd unbedingt ansprechen, damit es weiß, was man von ihm will. Ein Tier, das gerade vor sich hindöst, kann man nicht einfach, ohne es anzusprechen, auf die Kruppe klopfen, auch wenn man es noch so gut meint. Die Wirkung kann blitzschnell und ganz unwillkürlich ausgelöst werden. Schon oft hat ein erschrecktes Tier ausgeschlagen, ein Hufschlag ist unter Umständen tödlich.

Ein sehr tierliebender Kutscher einer Brauerei arbeitete schon zwölf Jahre mit einem sechzehnjährigen Wallach, den er immer sehr artgerecht und freundlich behandelt hatte, mit dem er förmlich verwachsen war und auch das Tier mit ihm, musste für eine kleine Unvorsichtigkeit mit dem Tode büßen.

Das gutmütige Tier stand nach der Mittagsfütterung im Stall und döste vor sich hin. Der Kutscher, der es zur Nachmittagszeit wieder anschirren und den Stand betreten wollte, klopfte ihm ohne jeden Anruf auf die Kruppe, damit es zur Seite treten und ihn vorbeilassen sollte. Der erschrockene Wallach schlug aus und traf seinen menschlichen Freund und Pfleger mit großer Wucht gegen den Leib. Trotz Notoperation starb der Mann zwei Stunden später.

Tödliche Unfälle durch Hufschlag und Pferdebisse, die zu schweren Infektionen führten, waren in damaliger Zeit nicht selten. Bauern, Fuhrleute, aber auch Tierärzte gehörten zu den Opfern.

Ein in Ruhestand lebender Veterinär erzählt, dass er einmal bei einem als sehr fromm bekannten Pferd, das für eine Molkerei arbeitete, die Körpertemperatur habe messen wollen. Obwohl das Tier als sehr gutartig galt, ließ der Viehdoktor zu seiner Sicherheit ein Vorderbein des Pferdes hochheben. Als er jedoch den Fiebermesser wieder herauszog, schlug der Gaul aus und traf ihn mit solcher Wucht gegen das Kinn, dass er, wie er später sagte, alle Engel im Himmel habe singen hören. Das Ergebnis war eine klaffende Wunde mit Knochensplittern am Kinn, tagelange Kopfschmerzen und eine Brücke für die Schneidezähne.

Der gleiche Mann wurde als junger Assistenzarzt zu einer Stute, die ein drei Monate altes Fohlen hatte, zur Untersuchung gerufen. Als er das Gatter der Box öffnete und die ihm bekannte Stute, er hatte ihr geholfen, das Fohlen zur Welt zu bringen, mit Namen ansprach, quiekte die Stute, drehte sich dann mit dem Hinterteil zu ihm hin und keilte kurz und trocken aus. Der Arzt konnte nicht mehr ausweichen und bekam einen heftigen Schlag gegen die linke Bauchseite in der Höhe des Zwerchfells. Nur dem Umstand, dass er ein dickes Notizbuch in der Tasche hatte, das wie ein Bremsklotz wirkte, rettete ihm das Leben. Der Bleistift, der in der Mitte des Buches lag, sei in kleinste Stücke zersplittert gewesen. Dennoch, so der jetzt betagte Veterinär, habe er damals sechs Wochen auf Leben und Tod im Krankenhaus gelegen.

Auch im Krieg erhielt der als Kriegsveterinär eingezogene Tierarzt einmal von einem Vollblüter, den er untersuchen musste, weil dieser mit dem gebrochenen linken Hinterbein nicht mehr auftreten konnte und ausgerechnet den Namen „Guter Kerl" trug, mit dem gebrochenen Bein einen Schlag vor den Kopf. Der Stahlhelm bewahrte ihn vor Schlimmeren, jedoch erinnerten ihn tagelang Schmerzen im Genick an dieses Pferd, das er anschließend erschießen musste.

Die meisten Pferdekenner wissen, wie man sich einem Pferd nähern sollte und dass man es erst immer ansprechen muss.

Niemals sollte man sich auch zwischen einem Pferd und einer festen Wand stellen, denn diese gibt bekanntlich nicht nach, wenn das Tier zu ihr hindrängt.

Ein Tierarzt erzählte mir einmal, dass er sich zwischen Pferd und Mauer gestellt hätte, um dem Tier eine Spritze zu geben. Das Pferd war vor einer Mauer an einem Anbindering mit einer Kette festgebunden. Beim Einstich der Nadel drängte das Pferd auf einmal so ungestüm gegen die Wand, dass der Arzt nicht mehr ausweichen konnte und mit Wucht gegen die Mauer gepresst wurde. Das Ergebnis waren mehrere Rippenbrüche und eine schwere Muskelquetschung. Die Unfallversicherung verweigerte hier eine Zahlung, da der Tierarzt grob fahrlässig gehandelt hätte.

In einem anderen Fall war es wieder ein Tierarzt, der nach Beendigung der Behandlung im Stall hinter einer Säule stand und ein Rezept schrieb. In einem Kolikanfall schlug ein Pferd mit unheimlicher Gewalt nach hinten aus und traf die Säule, die abbrach und dem Arzt in den Leib drang. Trotz sofortiger Operation starb der Mann unter qualvollen Leiden.

Bei meinen Spaziergängen kam ich häufig an einer Koppel vorbei, auf der ein ehemaliges etwa dreißig Jahre altes Reitpferd sein Gnadenbrot fraß. Hin und wieder hatte ich ein paar Zuckerstücke für das noch sehr rüstige und anhängliche Tier dabei, das mich schon von weitem erkannte und dann angelaufen kam. Als ich eines Tages nur ein einziges Zuckerstück dabei hatte und es dem Fuchswallach gereicht hatte, stupste er mich ein paar Mal mit dem Maul an, er war nicht zufrieden und wollte mehr. Ich wandte mich zum Gehen, da drehte er sich um, schlug aus und traf mich ins Gesäß. Ein schmerzhafter „Pferdekuss" als Dankeschön.

Auch das Reiten birgt bekanntlich Gefahren in sich. Nicht nur Sonntags- oder Hobbyreitern, sondern auch guten und geübten Reitern kann ein unruhiges, scheues, ängstliches oder reizbares Pferd gefährlich werden, wenn sie nicht blitzschnell die Lage erfassen und sofort Gegenmaßnahmen ergreifen.

Während junge Reiter schlimmstenfalls mit dem so genannten Reiterbruch, nämlich des Schlüsselbeins davonkommen, kann der Sturz vom Pferd für einen älteren Menschen sehr gefährlich werden. Die Knochensubstanz ist durch die fortschreitende Verkalkung bedeutend anfälliger für Frakturen geworden. Von einem gewissen Alter an ist auf allen Gebieten des Sports Vorsicht geboten, denn was ein Zwanzigjähriger kann, das soll sich ein Sechzigjähriger, selbst bei dauernder Übung, nicht zumuten. Beim Stürzen ist auch der Kopf sehr gefährdet, eine bruch- und splittersichere Kappe ist deshalb für den Reiter wichtig. Die Stiefel sollten einen festen Halt bieten, der Absatz muss groß genug sein, damit der Fuß im Steigbügel nicht durchrutschen kann. Bei einem zu breiten Stiefel läuft man Gefahr, dass sich dieser im Bügel verklemmen kann.

Jeder, der mit dem Reitsport beginnt oder Kontakt mit einem fremden Pferd aufnehmen will, sollte sich zuerst beim Besitzer oder Reitlehrer nach dem Charakter oder typischen Verhaltensweisen des Tieres erkundigen. Kein Pferd ist wie das andere, jedes hat seinen eigenen Charakter, besondere Vorzüge, aber auch besondere Marotten und seine eigene Reaktion beim Umgang mit Menschen.

Neben dem bereits erwähnten Ansprechen sollte man auch daran denken, dass Pferde nicht nur schreckhaft, sondern auch hörempfindlich sind. Ein ruhiger und freundlicher Ton in der Stimme allein kann schon sehr nützlich sein. Die Begrüßung durch das Pferd in der Box kann sowohl ein leichter Stupser als auch ein heftiger Rempler sein, da das Tier zwischen Mensch und Artgenossen keinen Unterschied macht. Der heftige Rempler aber kann den unvorbereiteten Pferdefreund zu Boden befördern, wobei Verletzungen meist nicht ausbleiben.

Hat einmal das Fluchttier Pferd mit den Menschen negative Erfahrungen gemacht, und es wird ihm irgendwie der Fluchtweg von einem „Eindringling" versperrt, kann es aggressiv werden, vielleicht beißen oder ausschlagen. Im freien Gelände sind diese Tiere meist harmlos, denn hier haben sie ja die Möglichkeit zur Flucht.

Vertrauen zwischen Mensch und Tier ist einfach immer vonnöten. Kein Drohverhalten, keine Gewalt, das würde immer noch mehr Aggressivität erzeugen.

Gefährlich werden natürlich auch in Panik geratene, durchgehende Pferde. Fälschlicherweise hört man oft, ein Pferd würde nie einen Menschen umrennen, jedoch haben in Panik geratene Tiere auch schon Menschen zu Boden gerannt, sich auch schon selber umgebracht, wenn sie blindlings in einen Abgrund oder vor irgend ein Hindernis rasten. Panik entsteht aus Angst vor einer unerklärlichen oder unberechenbaren Gefahrenquelle, die irrationale Reaktionen hervorrufen kann. Auch eine brutale Behandlung kann ein sensibles Pferd dazu veranlassen, allein oder mit dem zu ziehenden Gefährt panikartig durchzugehen.

Ich konnte als Kind beobachten, wie ein beim Holzrücken geprügeltes Pferd sich selbstständig machte, aus dem Wald heraus einen steilen Berg hinunter ins Dorf raste, dort auf dem Pflaster in einer Kurve ausrutschte, gegen einen Baum prallte und mit gebrochenem Rückgrat tot liegen blieb.

Manchem zu wild fahrenden Kutscher sind schon die Gäule durchgegangen, wobei es Verletzte und auch Tote gegeben hat. Wie bereits erwähnt, schätzten manche Postillione früher blinde Pferde mehr als sehende, weil diese niemals durchgingen, auch wenn man sie schlug oder der Wagen einen steilen Weg hinabfuhr und hier eventuelle die Bremsen versagten.

Akustische Reize erschrecken häufig die Pferde, doch ergreifen sie meist erst dann die Flucht, wenn sie die Lärmquelle erblicken und die ihnen ebenfalls als gefährlich erscheint. Manche Geräusche, die Pferden unbekannt sind, brauchen gar nicht besonders laut zu sein, trotzdem flößen sie dösenden oder unaufmerksamen Tieren Furcht und Erschrecken ein; anschließende Abwehrreaktionen sind nicht selten. Das neue Unbekannte, auch wenn es leise ist, kann schlimmere Auswirkungen haben als lauter Lärm, der den Vierbeinern aber vertraut ist.

Warm- und Vollblüter haben eine etwas größere Fluchtbereitschaft als die selten gewordenen Kaltblüter. Doch auch diese können scheuen bei einem Schreck- oder Angsterlebnis und in einen wuchtigen und zerstörerischen Ausbruch verfallen, der zwar langsamer als bei den schnellen Warmblütern erfolgt und in seiner Wegstrecke meist kürzer ist, aber die Gefahr ist in jedem Fall die gleiche.

Das Pferd ist bekanntlich kein Un- oder Raubtier, von seinen Ursprüngen her ein scheues Fluchttier. Aber es gibt, vom Hund ausgenommen, kein anderes Tier, das für die Freundschaft des Menschen so empfänglich ist wie dieser Einhufer.

Würde der Mensch die Wesensart des Pferdes besser kennen, dann verstände er manches Verhalten besser, und er würde manches respektieren, was ihm oft nicht einsichtig ist.

Vielen Pferdebesitzern fehlen Feingefühl und Einfühlsamkeit. Dem Unbekannten gegenüber ist dieses Tier immer skeptisch und vorsichtig. Will man sein Vertrauen gewinnen, ist eine sanfte und verständnisvolle Behandlung notwendig, diese wird das Pferd dankbar annehmen und seinem menschlichen Gefährten Treue und Dankbarkeit erweisen. Das Risiko einer Gefahr, die von diesem Tier ausgehen könnte, wird dann auch stark minimiert.

Psychische Belastungen können dieses sensible Wesen regelrecht krank machen, den Charakter verändern und es vor Kummer sterben lassen, wie das schon passiert ist, wenn z.B. der Besitzer oder der Arbeitsgefährte plötzlich lange Zeit abwesend waren oder ganz verschwanden. Nicht das Pferd hat dem Menschen Leid und Pein zugefügt, sondern es war umgekehrt der Mensch, der aus diesem edlen Tier oft ein geplagtes Wesen gemacht hat.

Pferdekrankheiten und wie sie früher behandelt wurden

In früheren Zeiten, als es an den Universitäten noch keine veterinärmedizinischen Fakultäten gab, konnte sich praktisch jeder als „Viehdoktor" betätigen. Sehr oft waren es die Hufschmiede, die sich schon im Mittelalter neben dem Beschlagen der Pferde auch mit deren Krankheiten und Gebrechen befassten. Auch als man zuerst in Preußen eine Tierarzneischule gründete, waren die ersten Absolventen Leute, die aus dem Schmiedehandwerk kamen. Vorgesehen war diese Schule hauptsächlich für das Militär und natürlich hier für die Kavallerie. Seit 1817 gab es dann ebenfalls in Preußen die ersten zivilen Kreistierärzte, die später auch eine schriftliche Prüfung abzulegen hatten. Das Berufsbild der Tierärzte litt in dieser Zeit aber immer unter der Herabsetzung durch die Humanmedizin. Neben den noch spärlich vertretenen Tierärzten, fungierten Schmiede, Schäfer, Hirten, Abdecker und sogar Scharfrichter als Heiler von Pferden und anderen Haustieren. Hier braucht man nicht zu betonen, dass diese Leute nicht viel Ahnung von den Haustierkrankheiten hatten und oft Aberglaube und Rücksichtslosigkeit den Tieren und ihren Besitzern mehr schadeten als nützten. Ein Eingriff oder eine Operation wurden oft zu einer wahren Tierquälerei.

Die ersten Tierarzneischulen entstanden nach und nach im 18. und 19. Jahrhundert in Göttingen, Hannover, Dresden, Gießen, Berlin, Leipzig und München. Das Studium dauerte ein Jahr, und nach Vermittlung von relativ wenig Stoff erhielten die Absolventen ein Zeugnis ohne Prüfung.

Feldlazarette für Kriegspferde gab es zum ersten Mal während des Zweiten Weltkrieges, in dem über drei Millionen Tiere zum Einsatz kamen, von denen die meisten zu Tode kamen. In den rund 480 Feldlazaretten wurden fast eineinhalb Millionen Pferde behandelt. Im DeutschFranzösischen Krieg, als noch große Kavallerieregimenter zum Einsatz kamen, gab es so etwas noch nicht.

Im Pferdeland Westfalen war noch im 19. Jahrhundert ein großer Mangel an ausgebildeten Tierärzten, und so kurierte man die

Vierbeiner meist mit Hausmitteln, die teilweise heute noch Anwendung finden.

Ein krankes Pferd war besonders auf einem kleineren Hof eine Katastrophe, schlimmer als eine kranke Kuh, denn das Zugpferd bedeutete für den Bauern praktisch seine Existenz. Aus Geldmangel wurde versucht, das Pferd selbst zu heilen, ehe man den Tierarzt herbeiholte. Besonders machtlos war man gegen innere Krankheiten, denn einem Pferd etwas eingeben, war einfach nicht möglich. Mancher vertraute lieber auf übernatürliche Kräfte wie Besprechen oder das Beweihräuchern mit heilkräftigen Kräutern. Häufig gab man dem kranken Tier auch Schnaps, der es von innen her heilen sollte. Ein Strick wurde um den Oberkiefer geschlungen, und eine hölzerne Heugabel hielt den Kopf hoch, dann goss man dem Tier von einer erhöhten Stelle aus den Alkohol in den Hals.

Zauberformeln, viel Aberglaube, völlig sinnlose Maßnahmen, eigene Kurierversuche, unnötige Quälereien, alles das gehörte zur Tierheilkunde vergangener Zeiten.

Was waren nun die Hauptkrankheiten, die ein Pferd auch heute noch befallen können? Als eine sehr ansteckende und anzeigepflichtige Seuche, die Lunge, Atemwege und Haut befallen kann, ist der Rotz. Hier war es nötig, das befallene Tier zu isolieren, das getötete Pferd sofort zu verbrennen oder tief in der Erde zu vergraben. Rotz ist eine durch Bakterien hervorgerufene Infektionskrankheit, die überwiegend Einhufer befällt. Die Ansteckung erfolgt meist über den Verdauungsweg oder auch über die Schleimhäute, die Haut oder durch Einatmung. Auch auf den Menschen ist diese Krankheit übertragbar und kann tödlich enden. Gott sei Dank ist diese Krankheit in Deutschland sehr selten geworden. Der Hautrotz ist ebenfalls nicht mehr häufig, gekennzeichnet ist er durch erbsen- bis bohnengroßen Knoten und Geschwüren auf der Haut der Tiere.

Eine andere, ebenfalls selten gewordene, aber als unheilbar geltende Krankheit, die bei Pferden Apathie, Koordinations- und

Bewusstseinsstörungen auslöst, vom Gehirn ausgeht und an den Rinderwahnsinn erinnert, nannte man Dumm- oder Tollkoller. Da man hier einen Übergriff auf die menschliche Gesundheit befürchtete, gab man dem Metzger den Vorzug des Tierheilers.

Zu starken Einschränkungen der Leistungsfähigkeit führt eine unheilbare Herz-Lungenerkrankung, die so genannte Dämpfigkeit. Weniger gefährlich, heute operativ zu beheben, ist das Kehlkopfpfeifen, eine Veränderung oder Lähmung eines Stimmbandes, das mit lauten Atemgeräuschen verbunden ist. Diese Atemstörung kann auch bei anderen Equiden, Eseln, Maultieren und Mauleseln auftreten.

Eine heimtückische und für das Pferd schmerzliche ist die im Volksmund genannte Mondblindheit, vom Tiermediziner Periodische Augenentzündung genannt. Ähnlich wie die Mondphasen tritt diese Krankheit in Abständen von vier bis sechs Wochen auf. Symptome sind eine große Lichtscheu, Pupillenverengung, Linsen- und Glaskörpertrübung, Netzhautablösung und oft eine völlige Zerstörung des Auges. Zumindest bleibt eine starke Trübung der Pupille. Eine zuverlässige Behandlung ist auch heute noch nicht bekannt. Man empfiehlt Futterwechsel und das Aufsuchen einer anderen Gegend.

Die Unterdrückung naturgegebener Triebtätigkeit kann zu Erkrankungen neurotischer Art führen. Diese Erkenntnis von Sigmund Freud wusste man damals noch nicht. Die Neurose galt nicht als Krankheit, sondern als Untugend. Gemeint ist das Koppen, auch Kripppensetzen, Luftschnappen oder Windkoppen genannt. Das Pferd versucht seinen aufgestauten Bewegungstrieb abzureagieren, beißt dabei öfters in den Krippenrand, schluckt bei gespannter Halsmuskulatur mit lautem Rülpsen Luft ab. Diese Anspannung der Halsmuskeln versuchte man zu verhindern, indem das Tier einen Lederriemen mit Metallbügel oben um den Hals gelegt bekam. Auch dann konnten manche Pferde noch koppen, und Stallnachbarn guckten sich diese Untugend ab und koppten dann ebenfalls.

Die bekannteste und gefürchtetste Pferdekrankheit ist wohl die Kolik. Eine mit großen Schmerzen verbundene Krankheit des Magen- und Darmkanals. Die erkrankten Tiere scharren, treten unruhig hin und her, schlagen nach dem Bauch und stöhnen. Oft werfen sie sich nieder, wälzen sich auf dem Boden und sind nass geschwitzt. Stark quellendes oder gärendes Futter kann den Magen überfüllen, erweitern und sogar zerreißen. Krämpfe, infolge Erkältung oder Verstopfung, treten oft plötzlich im Darm auf und sind ebenfalls äußerst schmerzlich.

Darmverschlingungen oder Darmverschlüsse können ebenfalls eine Kolik hervorrufen. Die Kolik hat also viele Ursachen und kann einen tödlichen Verlauf nehmen. Meist wurde bei einer Kolik der Tierarzt geholt, und eine Operation ist auch heute noch oft die einzige Rettung, wenn sich z.b. eine Verschlingung von Darmteilen gebildet hat. Ein Pferd kann nicht brechen, wenn es zu viel oder falsches Futter, wie z.b. erhitztes Grünfutter, das im Haufen gelegen hat, aufnimmt. Früher legte man dem Pferd einen in heißes Wasser gesteckten Sack auf's Kreuz, der mit Heu oder Heusamen gefüllt war. Wichtig war, das Pferd zu bewegen, auch ein Darmeinlauf mit Seifenwasser konnte helfen. Manche Bauern versuchten es mit einer Schwitzkur, wobei das Tier, genau wie der Mensch, in nasse Tücher, dann in Wolldecken gehüllt wurde. Weniger wirksam wird das bereits erwähnte Eingeben von Schnaps oder Kaffee gewesen sein. Auch mit Milch, Kümmel, Rotwein und Baldriantee hat man es manchmal versucht.

Auch bei Wurmbefall versuchte man häufig das Geld für den Viehdoktor zu sparen. Da schnitt man lieber Haare vom Pferdeschwanz ganz klein und mischte sie ins Futter, Mohrrüben, Wurzeln, Kleiewasser und Rainfarn gehörten ebenfalls zu den probaten Mitteln.

Besonders junge Pferde erkrankten an einem ansteckenden Katarrh der Nasen- und Rachenschleimhäute, der dann auch die Lunge und vor allem die Lymphknoten befallen kann. Symptome sind Fieber, Husten, Schnupfen und körperliche Schwäche. Diese Krankheit wird Druse genannt, kranke oder verdächtige Tier werden von den gesunden getrennt, da diese Krankheit sehr ansteckend ist und den Pferden viel zu schaffen macht. Medikamente und Wärme heilen hier nur selten. Kamilledampfbäder und Umschläge aus Heusamen waren damals die Therapieversuche. Auch heiße Aufgüsse aus Heusamen und Brombeerblättern hielt man in einem Eimer dem Pferd unter die Nase, damit es den Dampf einsog. Eine über den Kopf gehängte Wolldecke sollte verhindern, dass der Dampf nicht in die Luft entwich. Aufgüsse aus gekochtem Roggen oder Bohnenhülsen im Gemisch mit Holzkohle sind z.B. aus dem Münsterland verbürgt. Schwellungen wurden mit Schweineschmalz eingerieben.

Krankheiten, wie Erkältungen, versuchte man nicht nur mit Dampf und heißen Umschlägen zu behandeln, sondern auch der Besprechung traute man Heilkraft zu.

Gefürchtet, weil die Endstation meist der Metzger war, ist auch heute noch der so genannte Kreuzschlag, der besonders die Kaltblüter befällt, wenn sie zu lange untätig im Stall stehen. In der Landwirtschaft war das meist in den Wintermonaten oder an Sonn- und Feiertagen. Zu viel Kohlehydrate in Form von Hafer bei fehlender Bewegung ist die Ursache. Glykogen sammelt sich in den Muskeln, besonders der Kruppe, Lenden und Oberschenkeln an. Es kommt zu plötzlichen lähmungsartigen Bewegungsstörungen der Hinterbeine und Nierenpartie. Daher spricht man auch von einem Nierenschlag. Manchmal kann sich das Pferd nicht mehr auf den Beinen halten, was den Kreislauf noch mehr bedroht, daher hingen sie früher oft in Hängegurten an der Decke von Deelen oder Scheunen. Warme Decken oder ein Sack heißer Kartoffeln auf die Lendengegend gelegt, sollten ebenso helfen wie ein heißes Bügeleisen mit dem man über den Rücken ging. Auch der Aderlass, der ja auch bei Menschen manche Krankheit heilen sollte, wandten die Pferdehalter bei ihren Tieren an.

Wichtig war aber die Vorbeugung, nämlich die Pferde, wenn sie nicht arbeiten brauchten, zu bewegen. Ein Ritt durch Feld und Wald oder auch nur das Festtrampeln des Misthaufens schaffte den Kaltblütern Bewegung.

Infolge falscher Fütterung kann es auch zu einer Hufkrankheit, genauer gesagt, Huflederhautentzündung oder Rehe kommen. Der Name Rehe hat nichts mit den scheuen Waldtieren zu tun, sondern stammt aus der altdeutschen Sprache, in der räh „steif" bedeutet. Aber auch durch Quetschungen, Prellungen, übermäßige Anstrengung und nach Erkältungen kann diese Hufkrankheit, meist an den Vorderhufen, auftreten. Ein klammer Gang, Schmerzen, Fieber und allgemeine Störungen gehen mit der Rehe einher. Oft senkt sich das Hufbein in die Hufsohle ab, und der Huf kann sogar abgestoßen werden. Mit den Hinterbeinen, die es vorschiebt, versucht das Pferd die Vorderbeine zu entlasten. Futterabzug und ein Spezialbeschlag können hier Abhilfe schaffen.

Kein Haustier hatte so viele Verletzungen wie die Zugpferde. Geschirr oder die Zuglast konnten genau so die Ursache sein wie Stollen oder Hufeisen. Auch wenn die Tiere überansprucht wurden, konnten sie lahmen. Wunden wurden mit Arnika oder auch mit eigenem Urin behandelt. Anschließend schmierte man Teer auf die Verletzung, um sie vor Fliegen zu schützen. Sogar menschliche Exkremente oder Kuhfladen wurden aufgetragen. Ob so etwas desinfizierte oder zur Heilung beitrug, kann man sich kaum vorstellen. Die Behandlung mit Eigenurin ist bekanntlich heute wieder bei einigen in der Humantherapie modern geworden.

Geschwulste durch Geschirrdruck wurden mit einer Lehm- oder Senfpackung geheilt. War ein chirurgischer Eingriff nötig, holte man natürlich den Tierarzt.

Ins fließende Wasser gestellt wurden Pferde, die Verletzungen an den Unterbeinen hatten. Mit Kamillenwasser abgewaschen wurden Wunden, die sich die Tiere z.B. am Stacheldraht zuzogen oder auch durch Geschirrdruck entstanden waren. Huflattich, Spitzwegerich und Sauerampferblätter sollten ebenfalls für Linderung sorgen.

Neben dem Tierarzt gab es auch manchen Apotheker, der Ahnung von der Tierheilkunde hatte und die entsprechend nötigen Heilmittel zusammenstellen konnte. In meist handgeschriebenen Büchern gab es für alle Pferdekrankheiten die richtigen Heilmittel und Mixturen, Kräuter, Elixiere, Salben und Ratschläge, wie z.b. das Aderlassen, ein Verfahren, bei dem damals bei Mensch und Tier die schlechten Säfte aus dem Körper herausgeholt werden sollten. Wie wir heute wissen, was dies nicht nur nutzlos, sondern belastete das ohnehin schon geschwächte Wesen nur noch mehr.

Vieles wurde aus Überlieferung und gegen besseres Wissen verabreicht, wobei manche Hausmittel sicherlich auch eine desinfizierende, lindernde und heilende Wirkung gehabt haben dürften.

Manch eine der schlimmen Krankheiten, wie z.B. der Huf- oder Strahlkrebs, ließen sich auch durch vorbeugende Hygiene vermeiden. Ebenfalls die so genannte „Mauke", ein sehr schmerzhaftes Ekzem in der sehr empfindlichen Fesselbeuge des Pferdes. Nässe und Schmutz machten besonders Kaltblutpferden zu schaffen, da der dichte Haarbehang an den Fesseln schlecht trocknete. Sorgte man hier für trockene und saubere Fesseln und ließ die Tiere nicht zu lange im nassen Mist des Stalles stehen, tat man schon einiges für die Vorbeugung dieser gefährlichen Fußkrankheiten.

Pferde konnten schon einiges vertragen, aber wenn sie keine Bewegung hatten, zu stark beansprucht wurden, falsch und übermäßig gefüttert wurden, es an richtiger Pflege und Sauberkeit fehlte, dann wurden sie krank.

Zum Schluss: Auch ein Pferd braucht Ruhe und Schlaf

Beim Einhufer unterscheiden wir drei Möglichkeiten des Ruhens und Schlafens, nämlich das Dösen, das Schlummern und schließlich den Tiefschlaf.

Das frei lebende Pferd verbringt die meiste Zeit mit Nahrungs-
aufnahme, und wenn es nicht frisst, dann sind es fast nur noch die
Ruhezeiten, die seinen Tagesrhythmus bestimmen. Jeder, der einen
Blick für die Vierbeiner hat, kennt auch das dösende Pferd, das Zugpferd, das seine Arbeit unterbrochen hat, das wartende Kutschpferd, das Reittier in der Box oder das Pferd auf der Weide bei großer Hitze, vielleicht unter einem Schatten spendenden Baum, aber
auch bei nasskaltem, windigem Wetter. Der nasse Boden lädt nicht
zum Hinlegen ein, dann bleiben die Tiere lieber mit der Kruppe
gegen den Wind gerichtet stehen und dösen. Dieses Dösen ist kein
Schlafen, mehr ein Entspannen und Abschalten. Die Sinnesorgane
reagieren sofort, wenn sich etwas nähern sollte, die Flucht- und
Wehrbereitschaft sind voll vorhanden. Dösen ersetzt keinen Schlaf,
doch die Pferde regenerieren im Stehen. Ohne Muskelanspannung
können sie ihre Gelenke feststellen und dabei der Vorhand eine Er-
holung geben. Die Hinterhand, die bekanntlich mehr Körpergewicht
zu tragen hat und nach längerer Anspannung ebenfalls ermüdet,
wird dadurch entspannt, dass das Pferd bei gesenkter Kruppe ein
Bein leicht anwinkelt und den Huf auf die Spitze stellt. Dabei wird
die Hinterhand hin und wieder gewechselt. Erwachsene Pferde ruhen und entspannen im Stehen, nur wenn sie sich völlig sicher wäh-
nen, legen sie sich hin. Dass Raubtiere früher Wildpferde im Schlaf
zu überraschen suchten, hat sich bis heute im domestizierten Pferd
eingeprägt. Befinden sich mehrere Tiere auf der Weide, so wird man
niemals erleben, dass alle Tiere liegen. Eines fungiert immer als
Wächter und zwar solange, bis ein anderes sich wieder erhebt und
den Wächter ablöst. Die Nase ist immer gegen den Wind gerichtet,
damit der Feind früh genug gewittert werden kann.

Obwohl unsere Pferde schon einige Jahrtausende ihr Wildnis-
leben mit dem Haustier- und Stalldasein vertauscht haben, ist die
Angst vor dem Feind noch nicht aus ihren Köpfen. Selbst im sicheren Stall werden wir niemals alle Pferde liegend vorfinden. Das zu-
letzt noch stehende legt sich nicht auch noch hin, wenn es alle an-

deren Stallgenossen am Boden sieht. Das Hinlegen ist für das Pferd gar nicht so einfach. Alte Tiere, denen besonders das Aufstehen schwer fällt oder Tiere mit einem Beinschaden verzichten oft lieber auf das Ausruhen im Liegen. Für den Fleischfresser mit seiner biegsamen Wirbelsäule ist das Hinlegen zum Schlummern oder Schlafen kein Problem. Das Pferd knickt seine Beine langsam und gleichzeitig immer weiter ein, manchmal zittert es unter der Anstrengung, das Gewicht tragen zu müssen, bis sich das Tier dann auf die Vorderwurzelgelenke niederlässt und sich dann zur Seite abrollt. Alte Pferde lassen sich auch manchmal mit einem Ruck hinfallen. Will das liegende Tier wieder auf seine vier Beine, streckt es zunächst die Vorderbeine nach vorn und zieht die Hinterbeine unter den Körper, mit denen es sich dann einen kräftigen Schub gibt, den Kopf hochwirft und dann mit den Vorderbeinen zuerst hoch geht, wogegen der Wiederkäuer bekanntlich mit den Hinterbeinen zuerst aufzustehen pflegt.

Das Schlummern der Einhufer ist zwar ein oberflächlicher Schlaf, aber man kann ihn als solchen bezeichnen, obwohl die Tiere bei echten oder möglichen Gefahren, im Stall sind es mehr Störungen, sofort agieren und aufspringen. Schweifschlagen, Hautzucken und Fliegenabwehrreaktionen, die man beim Dösen noch beobachten konnte, sind beim Schlummern nicht mehr zu bemerken.

Ausgeschaltet sind die Sinne beim Tiefschlaf. Der ganze Körper liegt völlig entspannt am Boden. Die Vorderbeine sind angewinkelt, während die Hinterbeine lang gestreckt liegen, was im Stall natürlich Platz erfordert und bei Pferden, die in einem engen Stand angekettet sind, früher Zugpferde im Fuhrbetrieb oder in der Landwirtschaft, kaum möglich ist. Wird der Mensch als vertrautes Mitglied einer Herde betrachtet, vollziehen Pferde auch in seiner Gegenwart den Tiefschlaf, der bei den unbekümmerten und furchtlosen Fohlen selbstverständlich ist.

Heute weiß man auch, dass Pferde träumen, was wir ja vom Hund schon immer wussten, der bekanntlich im Schlaf bellt, mit den Beinen zuckt u.ä. Leises Wiehern und angedeutete Laufbewegungen lassen auf equide Träume schließen. Alte, verletzte oder zu eng eingestallte Tiere, die nicht liegen wollen oder können, erholen sich niemals richtig. Sie nicken manchmal regelrecht im Stehen ein und haben dann manchmal Mühe, im letzten Augenblick ihr Gleichgewicht wiederzufinden. Werden die liegenden Tierschläfer wach, haben sie die gleichen Schwierigkeiten voll wach zu werden wie wir Menschen. Ernst nach relativ langer Zeit öffnen sie die Augen, lassen die Ohren spielen, heben dann langsam den Kopf, und das beim Tiefschlaf übliche Schnaufen verstummt. Anschließend wird sich geräkelt, wobei der Hals aufgewölbt, der Kopf stark angewinkelt und der Rücken durchgebogen wird. Der Tiefschlaf hat etwa eine Stunde gedauert und fand zwischen 24 Uhr und Sonnenaufgang statt, denn das ist gewöhnlich der Termin, an dem von Einhufer tief geschlafen wird.

Die Gesamtruhezeit, also dösen, schlummern und tiefschlafen beträgt rund sieben Stunden. In der heißen Jahreszeit können es auch zwei Stunden mehr sein. Ruhezeit im Liegen ist bei Fohlen und Jungtieren ausgedehnter als bei den älteren Equiden.

Fohlen haben, genau wie die menschlichen Säuglinge, das weitaus größte Schlafbedürfnis. Manchmal werfen sie sich ganz spontan zu Boden und fallen in einen tiefen Schlaf. Es kann vorkommen, dass die Stute sich etwas zu weit vom Fohlen entfernt hat und dieses dann beim Erwachen einen gewaltigen Schrecken bekommt, weil es seine Mutter nicht mehr sieht, entsetzt zu wiehern beginnt, auf die Beine springt und zu seiner Mutter rennt.

Interessant ist auch, dass Pferde im Freien, wenn sie einen Ruheplatz suchen, nicht eine geschützte und abgeschirmte Stelle aufsuchen, sondern die Wahl fällt auf einen offenen, freien Platz, auf den der Wind aus allen Richtungen wehen kann. Hier fühlen sie sich deshalb sicherer, weil sie einen besseren Überblick haben und auch mit ihrer Nase nach allen Seiten wittern können. Das auf der Weide grasende Hauspferd legt sich auch nicht zum Ruhen in die, nach unserer Ansicht gemütlichen Weidehütten. Diese werden aufgesucht, um Schutz vor Fliegen, Bremsen und den heißen Sonnenstrahlen zu suchen. Neben dem Gefühl der Sicherheit, die der Schlafplatz bieten soll, wird vor allem auch eine trockene Unterlage gewünscht. Kurzes trockenes Gras, aber auch Staub oder trockener Sand, im Winter auch Pulverschnee, und im Stall wird die Trockenheit der Streu der Weichheit vorgezogen.

Literatur

Amberger, Eva Maria
Ohne Pferde ging nichts
Münster, 1997

Basche, Armin
Geschichte des Pferdes
Künzelsau

Delort, Robert
Der Elefant, die Biene
und der heilige Wolf.
Die wahre Geschichte der Tiere
München, 1987

Dent, Anthony
Das Pferd
Fünftausend Jahre seiner Ge-
schichte
Berlin, 1975

Dröscher, Vitus
König Salomons Ring
Geschichten aus dem Reich
der Tiere
München, 1999

Gierse, Winfried
Peitsche, Sporen und Kandare
Meschede, 2000

Grzimek, Bernhard
Und immer wieder Pferde
Fischer Taschenbuch, 1979

Gundelach, Klaus Hrsg.
Kamerad Pferd
Ein Buch von Ross und Reiter
Berlin, 1951

Hartley Edwards, Elwyn
Pferde
Zürich, 1988

Maderholz, Erwin
Hoch auf dem gelben Wagen
Pfaffenhofen, 1983

Michell/Rickard
Das rechnende Pferd von Elberfeld und andere Rätsel aus
der Welt der Tiere
Düsseldorf, 1983

Michels, Bärbel
Haus- und Nutztiere im
Sauerland und Wittgensteiner
Land in früherer Zeit
Bad Fredeburg

Piekalkiewicz, Janusz
Pferd und Reiter im
Zweiten Weltkrieg
München, 1976

Pozorny, Reinhard
Pferdeschicksal Menschen-
schuld
München, 1974

Schäfer, Michael
Die Sprache des Pferdes
München, 1974

Scanlan, Lawrence
Warum Menschen Pferde lieben
München, 1999

Sheldrake, Rupert
Der siebte Sinn der Tiere
Bernd, München, Wien, 1999

Waidmann, Angela
Das Pferd im Mittelalter. Das
edelste und nützlichste Tier.
Aus der Zeitschrift „Damals"
32. Jahrgang, Nr. 4

Wallner, Konrad
Der sichere Umgang mit
dem Pferd
München, 2000

Vom selben Verfasser erschien das besondere Pferdebuch: „Peitsche, Sporen und Kandare – Das Pferd, ein oft geplagtes Wesen."

Die Literaturzeitschrift BOD Aktuell schrieb über dieses Buch: „Ein ungewöhnliches Pferdebuch, das vor allem die lange Geschichte, Tradition der Nutzung und Ausmusterung des domestizierten Hauspferdes durch den Menschen beschreibt.

Winfried Gierse schildert den Leidensweg von Pferden, aber auch von Eseln und Maultieren durch die unterschiedlichste Nutzung. Ein kritisches Buch, das nicht nur den Einsatz von Pferden als Arbeitstier während des Krieges, in der Landwirtschaft, im Transportwesen und in Bergwerken, sondern auch die Nutzung als Reittier beleuchtet. Autor Gierse wirbt in seinem Buch für ein größeres Verständnis und eine bessere Behandlung dieser sensiblen Lebewesen."

ISBN 3-8311-0856-0
152 Seiten
€ 10,00 (DM 19,56)